學會愛人的
100堂課

因為你值得更好的我

伊芙 *Evelyn*——著

一致愛上推薦

每天都是一種練習，愛也是，願我們都活在愛裡並充分自由。

——新生代演員．王真琳

愛人是每一天都在經歷調整的事，因為人不斷在變，我們只是很努力去做好準備，期望能愛得聰明、愛得善良、愛得像個好人。

等等，像個好人在現代聽起來好像不是什麼好事，那就祝願至少學會以後，我們都愛得不那麼壞。

——作家．知寒

這本書是伊芙對世界的愛、對人的愛，也是對自己的愛。

在這一百堂課裡，伊芙反覆地告訴我們——愛一個人不是把所有的自己交出去，你要先讓自己快樂，唯有當你懂得留愛給自己、富足了自身，才能為愛付出而不求回報。

——圖文作家．青與棉木先生

看到「沒有萬能的愛，只有無能的愛人」深有同感；而且也觀察到無能可以變得有能，只是需要更多的學習：學習愛自己，還有愛別人。而願意面對自己的內心，正是學會愛人的旅程起點。

——**臨床心理師、作家．洪培芸**

已經很久不敢談愛了，活像一隻安靜的寄居蟹，躲在自己的無名殼，歷經關係的瓦解與道別，漸漸也避免把愛的權利交出去。我一直覺得，願意向愛靠近的人很勇敢，就像伊芙把自己對愛的經歷一堂一堂拆解，告訴我們，愛的每一件大小事，其實都與我們息息相關，伊芙說，面對愛，你若選擇避開傷害，也代表著避開了所有的愛與被愛。

韓劇《我的出走日記》的女角色廉美貞，對著具子敬喊著：「崇拜我吧！」這一聲「崇拜」意味著——我不想只有被愛，我要比被愛來得更多，我想要被深深填滿。親密關係那恆久的相處，是層層比被愛來得更深厚的仰慕，當我們感覺自己被愛充滿，慢慢的，因被愛而願意卸下硬殼、化作透明，期待我們讀完這些愛的課題，能在愛的路上，長成一個柔韌的自己。

——**作家．黃繭**

愛情最浪漫的地方，
是我在血淋淋的生活中給了你轉身就能傷害我的位置，
你卻溫柔彎腰，
邀請我跳一輩子的舞。

Contents

一認識篇一 開始戀愛之前，什麼是愛？

審視篇

我想愛的那個人，真的是對的人嗎？

一行動篇一 改變那些錯誤已久的愛人方法

—生活篇—

當我們將愛放進平凡日暮裡

—傷害篇— 當我們在愛裡面互相傷害

—情緒篇— 戀愛中各種情緒來襲時，我要怎麼做？

一解答篇一

各種戀人，各種問題

—婚姻篇— 結婚之前，我需要明白的事

—分手篇— 當我們到了不得不說別離的時候

—終 篇— 復盤與總結

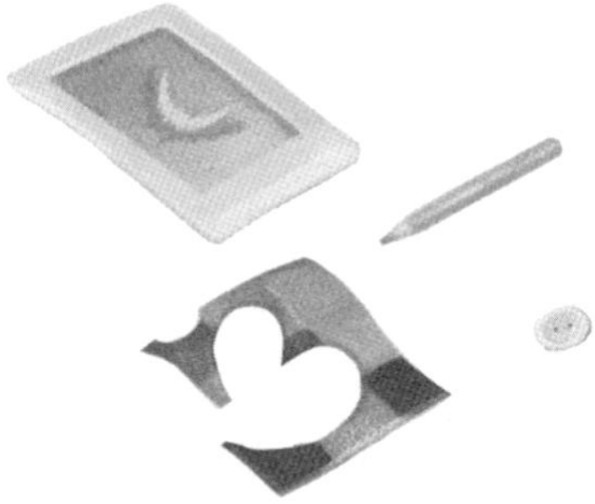

認識篇

開始戀愛之前，
什麼是愛？

第1課　你要學會做一個懂得冷漠的人

親愛的，你最近一次收到別人對你的評價是什麼時候，內容又是什麼呢？

我的話，是在昨天為一個迷路的旅客帶路，送他回到火車站後，被說：「你真是個善良的人呢。」

是的，我常被人說我很「善良」，老師說我善良，同事也說我善良。縱然知道人們口中的善良只是「沒有做壞事」的意思，我還是不敢反抗，不想戳破這個善良的繭。善良有時不是善良，是「要善良」。我知道自己不是真心善良，我只是想做一個快速察覺到別人的期望，再輕易得到認同的人。

打開這本書的你也是一樣嗎？對於別人強加在身上的愛與期望，總是會不由自主地想要遵從。

這樣的「你」，習慣過分照顧所有人的情緒，遷就其他人的喜好去取悅身邊的人。事實上你根本沒太在意要討好的是哪個人，你只是以為，「滿足別人」便是值得被愛、值得被善待的先決條件。心理學家說，這就是討好型人格的特徵。

於是你身上那些不知所措又過度鋒利的愛意，就像一把鐮刀，會將真實的自我一層又一層地收割。你被迫脫去真實的情緒，只好在人間戴著別人期望的面具。偶爾你也會因為與他的一個共通興趣或話題，激動地以為遇到知音了，可惜聊下去便察覺到對方並沒有同樣的投入，甚至會因為你過度的熱情而想要疏遠。

你發現，當急著向所有的方向靠攏，你反而更難找到真正愛自己的人。你已經很累了，明明一直對這個世界溫柔以待，卻沒有人回贈同等的溫柔予你。

可是親愛的，我發現問題在於——每個人的熱情和愛意都是有限的。

如果要重視所有人，我們就無法看見自己。如果要愛所有人，你就愛不了真正的自己。這世上沒有人擁有無盡供應的愛，即使你能盡力嘗試滿足所有人，這樣的你也不會有餘力去生活，去發掘自己的魅力與愛好。

一個人如果可以在愛人時全力以赴，那一定是因為他能夠在別的關係中，將自己

發出的愛好好控制。

所以學會愛人的第一課是——**你要學會做一個懂得冷漠的人。**

你要學會做一個懂得冷漠的人，然後要把藏起來的敏感與熱情，全都送給將來要愛的那個人，更加要留給自己。

你要知道如何控制自己的熱度，了解每個人可以進入的範圍有多深，那是與人交往時需要的分寸感。這種分寸感讓你懂得進退，不會過度掏空自己的全部，在適當的時候保護自己，然後才可以節省交際中花費的愛和力氣。

成年後做一個適時冷漠的人並不是什麼可恥的事情。面對這個荒謬的世界，可以多點重視自己，將時間、目光以及溫柔都還給自己，建立和展示內外在真正的魅力，這樣做才能引來真心欣賞及珍惜自己的人。而這些人有了戀人以後更不會忽略對方，他們會懂得為誰付出心血和時間，並非把光陰都耗盡在路人身上。

大海每日會定時潮退，空出沙岸讓人靠近。天上的月亮有陰晴圓缺，才會讓地上的人期待滿月的到來。愛人也是，懂得什麼時候退後，什麼時候冷漠，我們才會找到真正雋永的愛。在愛人之前，我們要保護的其實不是對方，而是自己。請你記得：愛在盛開之前需要的，是勇敢的埋藏，而不是氾濫的灌溉。

這一課的愛人筆記：

「如果要愛所有人，你就愛不了真正的自己。」

第2課　承認這點：我們都是缺愛的

Q：「為什麼我要學會愛人呢？」

親愛的，不管你想或不想，我們每個人從一出生起，都在本能地追求別人的愛。

你又可能反駁：我並沒有這樣吧？不，你有，我也一定有。「尋求愛意」是我們還未有自我意識時就懵懂學會的事，因為這是我們生存的觸覺與本能：嬰兒時期的我們必須得到哺乳者的注意，父母就是我們唯一依賴的對象。他們向我們提供食物、溫暖和保護；於是我們會哭鬧，會想被擁抱。在我們真正了解到社會乃至世界是什麼之前，我們從父母身上得到的關注，便是愛唯一的形狀。

這樣的壞處是：我們從小就依賴被愛，我們等待別人來愛，而這些愛終會減退。

哈佛大學做過一個著名的無表情實驗（Still Face Experiment）：實驗中多對父母和他們的嬰兒會先做日常的互動，父母對孩子如常微笑，用輕柔的聲線與他玩耍，讓寶寶感到放鬆及愉悅。然後從某一刻起，父母會忽然變得木無表情，無論寶寶怎樣叫喊，父母都不會做出任何反應。

實驗得出一個總結：絕大多數的寶寶都會在無表情的交流中感到焦慮與不安。當寶寶輸出的情緒被忽略，就算他們尚未能真正自如地與人溝通，天性中的敏感在情緒被拒絕的同時會成為傷害自己的武器。

這也側面證明了，只有在情緒被接受和得到反饋時，人才能獲得愛的安全感。

當時這個實驗的時長，是三分鐘。

但如果，這個實驗不只三分鐘呢？而是長達十幾年的成長過程呢？

如果這個嬰兒，恰好是這些年來的你和我呢？

一開始，這種關切的愛是充裕且近乎無條件地單向提供的，然而隨著我們長大，這些愛會被年齡、責任、兄弟、身分和面子所瓜分，我們開始遭遇到漫長的情緒忽視——

你小時候在街上摔倒了，哭著要父母的呵護，他們卻氣急地說：「別哭，不許哭，大家都看著你了。」

青春期的你與父母分享成長的秘密或困擾，他們卻不在意地與親戚分享甚至嘲笑。

你在學校考到了八十分，想要告訴父母這份喜悅，卻遭反問：「為什麼你弟弟可以考到九十分，是不是遊戲玩多了？」

這些年來，無論是正面或負面的情緒，我們都難以得到父母或身邊人的認同，所以我們不敢依賴別人，也無法輕易大方地去表達愛，我們從淤塞的愛中學習錯誤的愛意輸出。結果就是，你我在外表上變成一個不動聲色的大人了，但內在依然是那個渴望愛的嬰兒，我們的「內」與「外」一直在分崩離析——

你的情緒容易崩潰（嬰兒），卻變得不敢表達（成人）；

你想要靠近別人來換取好感（嬰兒），卻時常在心中抱怨和嫌棄別人（成人）；

你拚命觀察甚至想要加入外面的花花世界（嬰兒），卻拒絕接納別人的負評或者負面情緒（成人）。

這就是我們會感到痛苦的原因：靈魂依然停擺在童年那些受傷的時光，而時間推著肉體成長，我們又被迫著使用那些受傷的部分去面對人，去愛人，於是愛得一塌糊途。明明缺愛，卻帶著傷口繼續討好對方，只是對象從父母變成情人；又或者被傷害透了就選擇封閉自我，默默等待有一個人來拯救自己。我們的情緒和行動是分離的，需求和供應是矛盾的，於是活得虛妄，過得無趣。

只是親愛的，我們不再是手足無措的嬰兒了，不再需要從親子的從屬關係中索取對方唯一的愛。在親密關係中，每個人都是平等的，愛是無所不在的空氣，**你是愛的接受者，也是愛的提供者**。

你要相信，你有愛人的能力。愛並不是視乎對象而產生的緣分，而是視乎我們的能力而誕生的能量。這本書便是為了讓你相信這一點而存在的。

心理學家阿德勒說過：「幸福的人一生都被童年治癒，不幸的人用一生來治癒童年。」但他也說：「願意承認自己的不幸就是了不起的態度。」

如果生命的傷口大到不知從何包紮，讓我們先承認裡面缺少的正是愛，我們才能夠將它們溫柔地填滿與縫合。

這一課的愛人筆記：

「你是愛的接受者，也是愛的提供者。」

「愛並不是視乎對象而產生的緣分，而是視乎我們的能力而誕生的能量。」

第3課　再次上學

當你承認了愛是人生存的需要，我們就願意重新去學習如何愛人。從來在家庭、學校甚至職場，都沒人直接教導我們如何去愛。但事實上愛情本身就是一種教育，它雖然沒有絕對正確的答案，卻讓人從一次又一次的試錯中摸索出最適合自己的解答。愛情就像一所巨大的學校，在投身這個人生課題之前，我們每個人都要帶好應有的裝備，迎接愛的考驗。

現在，請回想起你初次上學的畫面，來到陌生的教室，你正背著一個小書包，打開它，緩緩掏出裡面這些東西，每樣都是一種提醒：

一把直尺——在尋找愛的路上，當你遇上略帶好感的人時，要記得心中有著一把清晰的直尺，用來提醒自己與對方之間的距離。你要減少未經思考便討好別人的行為，不論是初見多麼驚豔的人，只有在一定的距離下你才能看清他的好壞，彼此之間才會有足夠位置放下真心的考驗。

天秤——在內心要放置一個天秤，左邊放上自己的自信，放在右邊的是對別人的喜歡。但是無論在右邊放上什麼，這個天秤都是不動的，你要停止自我嫌棄的想法，永遠不要覺得自己不配，也不要自視過高。無論是愛情開始之前或之後，兩者都應該時刻維持平衡的狀態。

書籍——你要停止封閉自己。對外出感到疲倦，那可以多看看別人眼內的世界，充裕的知識能讓你懂得真偽，謊言會背叛你，但知識不會。當我們變成眼界更淵博、內心更寬敞的個體，就不會只對眼前唯一出現的溫暖如痴如醉。要先鞏固自己的世界觀，因為沒有屬於自己的價值觀便沒有屬於自己的情緒，你的情緒便永遠只會為他人搖擺及服務。

筆——你要學會表達自己的感受。不管有沒有人聆聽，都要習慣用語言組織感受，不可因為懶惰或恐懼他人嫌棄便將心聲隱藏。愛是一種力量，它在輸出時才能發揮它的力量，吸引別人的關注。沒有輸出的情緒會消耗我們內在的熱情，你把力氣都花在忍耐自己的心聲了，就沒有餘力去愛人，也沒有人會注意到你。

將自己的信念物件化，是我這些年來激勵自己的方法之一。它們會提示你：你雖然孤身一人，但你並不是空無一物的空殼，你擁有一些物件可以逐步摸索，也會慢慢變成更好的人。在愛人之前，我們都要讓自己的內心是豐盛的，要盡量避免帶著渾噩和虛無的心境愛人。

如果你本就一無所有地去愛人，自然會愛到一無所有。

親愛的，讓我們幻想自己正帶著這些滿滿的裝備，然後懷著那種即將開始新生活的雀躍感，像是曾經跨過小學升上國中的那條鴻溝，再邁過高中與大學之間的門檻。你站在了夏蟬不斷鳴叫的八月尾端，攤開在你面前的是猛烈的陽光，你即將曬乾過去的種種灰暗，而這一次，你要進入的是不知深淺的愛情考驗，並這樣相信——我永遠都會擁有愛人的勇氣和能力，在欲語還休的未來，永不停歇地書寫著愛情的許多。

這一課的愛人筆記：

「一無所有地去愛的人，自然會愛到一無所有。」

第4課 愛的付出＝愛的獲得

你說你已經準備好去愛，可是當我踏入以愛為名的課室，我看見你翹首以待地坐在一角。我問你在做什麼呢？

你抬起充滿期盼的眼睛：「我在等人來愛我呀。」

親愛的，會說出這句話的你，大概以為愛是一個結果，人只要被愛，便滿足了愛的意義與任務吧。一下子，我們彷彿又回到了嬰兒時期的懵懂模樣。

可是我想告訴你的是，**世上所有的愛，包括親情、友情和愛情，都是一個交流過程，並非到達了愛的狀態以後就會一下子圓滿結束的東西**。我們遇到想愛的人，付出自己的時間和情感，甚至物質，然後幸運的話，會收穫一些類似的愛和感動，這個流動的過程便是愛。

世上大多數人只會重視後面的部分，即是「得到」些什麼，但殘酷點來說，「得到」其實是愛情裡最消極及不可控的部分。愛情並不保證我們能得到什麼——你愛一個人，只能夠確認到自己給出的愛是真實的，自己可以控制的也只是手心中的這份愛。他愛不愛你，卻是屬於他的抉擇。所以只在乎「得到愛」的話，反而只會將自己囚禁在忐忑不安的圈地之中。

相反，**愛情體現在「付出」這一個部分**。這聽起來真是很恐怖對不對？人會感到可怕，大多是基於「付出是損失，並且付出後不能夠得到回報」的恐懼。可事實上，為愛付出真的是一件令人覺得痛苦和對自己不好的事情嗎？回想起年幼時的自己，會蠢蠢欲動地想為大人做些什麼，模仿著大人的行為，想要為他們做些小任務例如完成家務時，壓根不會考慮什麼回報，也不是在父母愛我的前提下才願意這樣做的，這種付出便是最單純與快樂的愛。

哲學與心理學家弗洛姆曾經說過：「只顧著守財而一直害怕有所損失的人，不論擁有多少財富，在心理上他都是貧窮的。擁有財物的人並不等於富裕，反而是樂於給予他人東西的人，才是富足的。」

愛也一樣。當你付出時的快樂比得到時的快樂更巨大，那個瞬間，**付出便等於獲得**。愛一個值得愛的人，會讓我們不計較得失，因為「失」也是一種獲得。反過來說，如果生命中隨他而來的種種失去都讓你不曾悔恨，或者這些經歷讓你進化成更好的人，那麼這個人對現在或當時的你來說，便是值得愛的對象。

親愛的，不要害怕給予，更不要因為給予以後沒有同等的收穫便覺得付出是件可笑的事情。真正的愛是去愛人，大於等待被愛。這樣愛人時的幸福感會更大，因為主動權、放棄的權利和改變的能力永遠在於自己。

一旦明白愛的主動權永遠在我手中，愛便是世上最自由與安穩的情感。

這一課的愛人筆記：

「真正的愛是去愛人，大於等待被愛。」

第5課

我們如何避免傷害？

你說：「談戀愛好痛苦啊，我永遠都不想再去愛人了。」

我點頭：「對啊，如果你只想獲得快樂，那就應該遠離戀愛。愛情是一趟漫長的旅程，在旅程中你不會只看見美麗的風景，還會遇到更多意外與困難。」

有很多人在戀愛中感到痛苦的原因是，我們都高估了愛情的能力，卻不肯去相信，愛情有很多時候都是無能為力的，同時是夾雜著許多傷害的。如果你問我能給出什麼建議，我希望你先不要過度美化愛這回事，也不要期望自己的愛可以拯救一個人，然後發現愛的現實和你的理想不符，就深受傷害。

請記住這一點：愛情不是玩樂至上的歡愉，它是陪伴兩個人共同成長的一種關係。所以會痛，會沉悶，會迷惘，才是必然的。

世界上有太多比愛情更容易獲得短暫快樂的關係了，一夜歡愉、露水情緣、沒有專屬的開放式關係……當快樂來得太快，滿足感就同樣溜走得很快。高潮是一刻的，低潮卻蟄伏在漫長而庸碌的生活當中。你可以不斷用堆疊的高潮去覆蓋自己的生活，但到最後大概還是會發現，在大片平凡的間隙中並沒有一個人陪伴自己，真正明白自己，願意為自己付出。

你要是單純想獲得快樂，的確不用那麼辛苦去付出、去等待、去與另一個人綑綁。愛情就像兩根相互綁緊的繩子，它們再也無法與其他事物及關係緊密地交纏。但這份愛卻因為綑綁，因而有了堅韌的力量。

而沒有認真付出過就獲得的快樂關係，我們都不會珍惜，因此也不願無償地承受對方給的傷口。同樣地，再也沒有人會願意接下我們的迷惘。因為我們都只想要共享快樂的人。

所以愛一個人，除了愛他給出的溫柔，其實還是愛他給出的傷口。成年後的我們，都是在尋找一個傷害得比較溫柔的對象。

我總是相信一點——**如果你避免了傷害，你也避免了所有的愛。**

我們都不是小孩了，不可能只鬧著要愛情最甜蜜的那部分，然後迴避生活的苦澀與酸楚，這些五味雜陳，你和你愛的人都要一起嚥下。享受一段關係的同時，你和他都的確要付出代價。世上有些愛讓你斤斤計較，亦有些深層次的真愛，會讓你面對那些價值不菲的代價時，永遠甘之如飴。

這一課的愛人筆記：

「如果你避免了傷害，你也避免了所有的愛。」

第6課

人在戀愛中到底要「付出」些什麼？

初次愛人時總是想掏盡自己的所有給那個心愛的人，後來傷過了，再次去愛時便會變得謹慎，付出亦變成一種需要計算回報、畏首畏尾的事情。人在戀愛中可以給予對方的事物實在太多，在這過程中，其實「付出」起碼可分為三個層次，由淺至深：

第一層次，是付出物質和個體上的親近（物質享受）；

第二層次，交出時間陪伴，展露內心的情緒，同時承受對方情緒的壓力（精神交流）；

第三層次，與對方在社會上結伴生活，互相負責，成為彼此的支柱（生命交纏）。

最理想的愛情，會比單純個體享受擁有更深的層次，它是**雙方生命的相互成全與**

補給。你缺少了什麼，我願意來付出，同樣地我缺少了什麼，你可以來補充。如果只等待別人來填滿而不想付出，那只是想要享受的慾望。

更多人的愛情難題，其實不在於願不願意付出，而是付出的層次不同。當一個只想玩弄愛情的人處於第一層次，想要的是通宵達旦的陪伴與眼花撩亂的禮物，如果他的交往對象卻在渴望第二個層次的付出，那便是付出的錯配，彼此間就會產生隔閡。又或者是雙方本來是奔往第三個層次而去的，但漸漸第二層的支柱崩塌了，其中一方切斷了靈魂上的契合，繼續在第三層次朝夕相處，對雙方而言便成為慢性折磨。

不一定要三層都付出過才算是幸福的戀愛，找到一個願意和你在同一層次互相分享的人，更為重要。當深奧的對話不會有膚淺的回答，綿密的情緒不再得到冷漠的沉默，陪伴不用被物質代替——此時，大多數的付出都能被認同，付出便容易變成一個令人快樂且富足的過程。

或許我們都應該對自己和戀人誠實一點：付出的層次和方向如果是錯的，那麼付出得再多，對方都不會感受得到。你要明白，並不是有付出過便算是正確的愛，就算已經盡了戀人的責任，成熟的戀人會經常溝通，檢討付出層次有沒有出現斷層。如果只以自己渴望付出的形式去遞出自己的愛，對方接下了，也無法感到真正被愛。

因為這樣的付出其實沒有感動到任何人，你只是感動了深情的自己。

這一課的愛人筆記：

「更多人的愛情難題，其實不在於願不願意付出，而是付出的層次不同。」

第7課　為你，我要付出到什麼程度？

應該為對方付出到什麼程度呢？這個沒有標準。**但我認為最理想的付出，是不影響我們自愛自立的程度。**

兩個相愛的人應該是互相成就而不是互相消耗。你和他不是兩塊拼圖，不用一直扒下自己的一部分，去緊扣對方的缺陷。如果只有在拼湊一起時才是有意義的，那定是有一方過度伸展，另一方又萎縮自我。

例如因為需要陪伴愛人，你減少了自己花在喜好上的時間，又或者為了照顧孩子，你放棄了熱愛的事業。那這種愛就真的像拼圖一樣，是平面且有許多脆弱的隙縫的。當你好不容易裝嵌好這一邊的裂縫，可能與他另一邊的連接，又咔嚓一聲鬆掉了。

拼圖式的付出不是沒有愛，只是這種的愛拆散後你和他便只是各自無用的碎片，合體時，又總是圍繞著彼此生活上不幸的裂痕。

健康的愛情應該是三維而不是平面的，就像一棵樹和另一棵樹的關係：我的枝葉會向對方伸展，彼此接觸的樹葉就是我們各自為愛所做的付出，帶著不同的名字：事業、興趣，性格……它們的影子會互相重疊，樹冠下的陰影部分就是共同為愛付出的部分，也是讓愛成長的護蔭。

我和你在個性上互相重疊，而不是削減；我的愛好與你的愛好交融，並不是放棄和讓步——於是你會發現，當樹冠疊成的護蔭愈廣，我們在底下的交流就愈舒適和涼快。樹冠的交疊不會只有一層，而是從上到下，第一層到第三層甚至更多的層次。隨著彼此付出的深度逐漸延伸，層數愈多，樹葉之間的隙縫便愈少，風雨不易穿透。

縱使共享陽光與空氣，我們的樹幹仍是獨自扎根於土地的，彼此的樹冠與枝椏之間留有呼吸空間——誰都沒有因為靠近對方而割捨自己的養分和精神，我身上的其他樹枝，還是能與四面八方的天空親吻。

是的，為愛人付出就應該是這麼一件充滿生機和自由的事情。

誰都不要點燃自己最熱愛的東西來為愛發電，真正值得我們付出的人，不會忍心掠奪我們本來的喜悅，而是加入更多的色彩與光暗。你對他，也理應如此。

這一課的愛人筆記：

「最好的付出，原來是我根本察覺不到，自己正在為你付出。」

第8課——愛情有期限嗎？

世上所有事物都有期限，愛情也不例外。壽命也是一種倒數的期限，而我們不可能因為一件事物無法雋永，就否定它的美麗，恐懼它的開始。否則恐怕世界上大至恆星宇宙，小至蜉蝣微塵，都沒有任何一樣東西值得存在。

愛情當然也是有期限的，有「現實期限」和「精神期限」。現實期限是兩個人相處的時間，其中一個人永遠離開了，這個期限便到期了。精神期限可以持久一點，當一個人被人想念，被人記住，即使他本人不在了，他帶給人的愛在別人記憶中仍是存在的，直至所有與他有關的人都離開這個世界，而後世不再對這份感情有感同身受的共鳴。當淚與笑都化不成鏗鏘的筆墨，只能泛黃在記憶裡，那他真的從世上永遠消失了。

這也不是什麼值得悲傷的事情。正因為愛情有期限，愛才有了珍惜的理由，有了痛恨的終點。在漫長的時間裡目睹意義被耗盡的痛苦，有時其實會比告別時的痛苦要巨大一百倍，更容易醜化愛。

我感謝萬物都有期限，今天宇宙與我又老去了一點。時光在往返不息的相遇中被我們貪婪地借閱，人類在期限裡從不歸還時間。今天我們仍將生命翻來覆去，只願能趕在抵達最後一頁之前，親手寫下一個無悔的結局。

這一課的愛人筆記：

「正因為愛情有期限，愛才有了珍惜的理由，有了痛恨的終點。」

第9課

放棄比較，就能告別腐爛的自己

這是你今天第十八次自己覺得不夠好。你覺得自己學歷普通，樣貌平庸，沒有上進心，你已經接受了要這樣平凡地過下去。但是當遇見生活中某些與你相似或條件本來更差的人過得美滿順遂時，你又會暗自覺得，為什麼他比我反而能夠找到不錯的對象，有幸福的愛情？

親愛的，這就是我們離幸福愈來愈遠的原因。

你與他人比較，就是在默認自己比不上別人。每一次比較，都是一次自毀。

「好」是一種主觀存在的感覺。人覺得自己被持續的快樂包圍又未來可期，就會擁有自信。「差」雖然也是主觀感受，卻是**只有在比較下才會產生的自卑感**。如果這個世上只有一個人類，哪怕他沒有任何技能，就這樣過完比你更平凡的一生，獨自一人的他不會覺得自己有哪裡差勁。

所以世界上並不存在絕對差或不夠好的人。「不好」是在陪襯他人時才會浮現的念頭，當你在心中反問「憑什麼他找到這樣好的工作？」時，在心底就會將自己代入別人的人生作對比。**一旦比較，便先處於下風。**因為你肯定了別人現在的「好」，他的好與你的好本來並不衝突，但在比較下就會引出你主觀的「差」，往差的人設對號入座。

人的不甘，其實是由自己的臆想而來的。

當然人不可能活在沒有他人的世界。但只要我們接受「我們都一樣平凡，我會比某些人好，也一定會比某些人差，世上每個人都是這樣。」這一點時，你便會失去比較的衝動。正如那些看似樣樣比你好的人，也一定有無法戰勝的對象與心魔。所以富豪會自殺，天才兒童沒有同伴，樣貌姣好的男女會孤獨終老。你如果冷靜到近乎冷漠，對愛情而言是缺點，在商業上可能就是一個被需要的「優點」。

大多數人的缺點其實都不是缺點，我們只是找不到一個將它變成「優點」的環境。

我不是叫你去假設他人一定有比自己不幸的地方以換取優越感，而是要明白——每個人都有自己的花瓣與倒刺，心中都有燦爛的高光和腐臭的陰溝。我們一生擁有得再多都只是滄海之間的一粟。假如有人看不起你，其實是在愚蠢地將自己僅有的一瓢水與你的那盆水相比，又因為潛意識知道自己渺小，於是他要看不起你來說服自己那瓢水夠多。

這世上沒有誰比誰高貴，沒有誰配不起誰。要永遠相信自己擁有的是足夠的，如果未夠，就確信自己有令自己滿足的能力。親愛的，想告訴你的是——幸福從來都不是與人比較後的勝負結果，而是每個真正滿足的當下。人生海海，當你放棄比較，就可以告別在人海中漂泊的你，朝向自己的彼岸，拋出幸福的船錨。

這一課的愛人筆記：

「每一次比較，都是一次自毀。」

第10課——我們到底是為了什麼而愛？

Q：「和暗戀對象開始交往以後，日子並沒有我想像中那麼快樂。有時會想，到底為什麼要談這段戀愛呢，總覺得談戀愛很沒意思，是正常的嗎？」

我覺得戀愛中有這種間歇性的反思是很正常的事。就如人會不斷思考自己存在的意義。但是如果這段感情讓你頻繁地出現這種質問，我想那便是一個啟示，證明你不安、躊躇，也並不真正快樂。

假如你常常容易感到搖擺不定，那是因為你無法自立。不管是在人生的目標上、抑或是對愛情的需求，甚至是心靈的層面上，你都未有建立一套自己的價值觀，於是會容易被人牽著鼻子走。

你總是希望別人來伸手拉你，正是因為你沒有一個想到達的方向。那是特別危險的一件事。他想拉你去的世界，你不一定想去，而你想要的，他也未必能給。你被迫蹚身一場無關痛癢的關係，所以這場戀愛才會沒意思，也變得不重要了。

有很多人談戀愛，是沒有目的的，就像參與了別人的一場戀愛，自己沒有太多的波動。抑或是，情感上的確有大起大落，卻一味順從對方，沒有自己的主張，默默奉獻上自己的所有。

所以我想，**我們談戀愛，還是需要一個屬於自己的目的。**

這無關功利或利益，有目的性的愛情反而更容易讓人遠離不幸。甚至這個目的可以以自己為中心出發：「希望自己變成一個更成熟的人」，「希望自己能夠善待所愛的人」或是「我想學習彼此之間的長處」之類，都是很好的目的。

你知道嗎？漫無目的的浪漫其實並不浪漫。

尼采說過：「真正激起人們對苦難的憤慨的，不是苦難本身，而是苦難的無意義。」

無意義的戀愛，比沒有戀愛更令人痛苦。

愛情也好，浪漫也好，都需要有一個目的地——一個前往的過程中能讓你收穫快樂的目的地。的確，戀愛中可以令人感到苦澀，但如果從來沒有過屬於自己的快樂，為什麼還要承受它隨之而來的苦難呢？

這一課的愛人筆記：

「無意義的戀愛，比沒有戀愛更讓人痛苦。」

第11課——1＝0

如果世上只有一種美，這個世界便不再美麗。
當這個社會只剩下一種聲音，這人間也如同沉默。
當你只允許我的愛以你的標準存在，

這愛也不再是愛。

第12課　愛是永遠開放的退路

好友要結婚了，出嫁前一晚，她的媽媽平靜地對她說：「我不會說結婚以後就一定會快樂這種騙人的話。但你要記住一點：無論你快樂或不快樂，你都可以離開，而這個家永遠是你可以回來的地方。」

她忍著淚不捨地想，為什麼明知道會遭遇痛苦，也要離開將自己捧在手心裡疼的父母，去展開新生活呢。

我跟她說，因為你媽媽比誰都明白，愛不一定是只得快樂的天堂，有時也可以是令人煎熬的煉獄，但更多時候，愛是漫長的忍耐，足以將時光的斑駁打磨成平鏡的人間。他們也是這樣走過這個靜默悠長的人間，才有了備受寵愛的你。現在她希望你在開始愛人之前，要知道痛苦也是愛其中一個模樣，不能只存一種美好的幻想，但同時別因為它有這麼多種模樣，便拒絕探索愛的各種可能。

記得哲學家塞內卡說過一句話：「一艘沒有方向的船，遇上什麼風也是會逆風。」

如果你不知道自己前進的目標，那麼起碼要知道後退的方向，這樣才會分辨得到愛的逆風和順風，知道愛情帶來的是毒藥還是蜂蜜。你要讓自己擁有後退離開的選擇，那麼吹著痛苦的逆風時，不會絕望得誤以為這是世界末日。

愛如清風，它拂過豔陽，也會親吻污渠中倒影的月亮；
愛如清風，它將燕子領向重聚的溫巢，亦會拆散蒲公英的糾纏；
愛的意義不是讓你佇立原地承受痛楚，愛的意義是去體驗——且永遠讓你擁有離開的自由。

這一課的愛人筆記：

「當愛有退路，反而會賜予我們向前去愛的勇氣。」

審視篇

我想愛的那個人，真的是對的人嗎？

第13課

我要找一個他愛我比我愛他更多的人嗎？

Q：「找一個愛我比我愛他更多的人，在戀愛中不是更安全嗎？」

愛情無法量化，誰愛得比較多，只是個人主觀比較下的概念。但從你想成為「愛得比較少的一方」的那刻起，你已經主觀地為自己和對方貼上標籤了。「貼標籤」其實是人類逃避改變的狡猾做法，角色般的標籤會讓腦海自動接受它帶來的一切權利和義務。所以貼上「愛得比較少」標籤的那些人，在這段關係中就已經做好不願付出的準備了。

你可能是因為以前被傷害過，現在為了保護自己，而想做愛得比較少的那位。親愛的，你的確可以，但我不建議你這樣做——

你說：「愛得較少的人會容易快樂一點。」

愛情是一個雙向天秤，當你負重得比較少，另一邊的壓力自然會比較多。在初期你可能會輕鬆一點，但這份輕鬆其實是由消耗對方的耐性和關心所賺來的。然而人會愈來愈懶惰，你會逐漸習慣等待對方主動付出後才回應，當他因為持續主動而疲憊退縮時，習慣被愛的你肯定會率先察覺。愛得少的人總是會比愛得多的人更容易察覺到戀愛中的裂縫與不幸的。這樣的你，真的會快樂嗎？

你以為：「愛得較少的人不常受傷。」

不，愛得較少的人也不是不會受傷。而被愛的人受傷後往往只願等愛人來補償，等對方來為自己包紮。漸漸他失去維生的痊癒能力，小小的擦傷便是重創。當情緒未受過打擊，一粒塵埃都會成為內心的隕石。

你堅持：「愛得較少的人有更多安全感。」

愛得較少的人十分享受對方的愛流向自己的充裕感，**他的安全感又來自於愛人比**

自己付出更多的那份餘裕，並會利用這個逆差來保護自己。因此他會定時查閱愛的盈餘，總是忍不住去驗證對方的付出夠不夠多，如果不夠多，那就確保自己要做得愈來愈少。這種付出的懸殊像滾雪球一樣，總有一天會壓垮對方。有一天你會忽然發現，正正是你索求的安全感，將你們的愛壓碎，將他從你身邊推開。

你應該明白的是——被愛的人自然是幸運的。但是最幸運的愛情，是你和他既是被愛者，同時亦是去愛的人。

認真生活和戀愛的人其實並不會在意自己是被愛還是愛人的那一方，就如薛西弗斯往山上推的石頭帶給他痛苦，同時給予他下山時的快樂。親愛的，戀愛是不可能摒棄一切痛楚的，但令這份痛楚變成快樂的秘密，不是等待快樂，而是製造快樂。

第14課　異性之間能有純友誼嗎？

Q：「請問你覺得異性之間，是否不存在純粹的友誼？和異性朋友如果時常都要保持距離，這份友誼不就變質了嗎？」

我相信異性之間當然可以有友誼，但單不單純，需要視乎環境，和人與人之間的清醒狀態而定。

跟你分享一個故事。大學時我的室友是個很漂亮的女生，我常常會忍不住親密地抱住她，某一天她突然跟我說：「其實，我不喜歡被人靠得太近。」

那一刻我便意識到：人與人之間是很容易被吸引的。即使是同性，我都需要維持一份邊界感。我對她的友誼絕對是單純的，但原來對她來說，當她感到反感和過分親暱，這份友誼就已經越過了她的舒適區，會引起許多問題。

其實成年人對待異性朋友，甚至是同性朋友，都可能會在不同情況和氛圍下察覺到**「性」感受**。這裡的性並不是泛指性慾，而是因為性別特徵而散發的獨特魅力。例如被身型高大的人護住的一剎那，被女性朋友撥起的頭髮撩到的一瞬間，或者更普遍的，在街上看見自信又美麗的朋友走過時，你的視線會忍不住被帶偏。這些都是正常荷爾蒙的反應，並不涉及不單純的慾望。

異性之間當然可以有沒有性關係的友誼，但性感受的差異永遠存在於友誼之中。同時，正正是因為性差異確實存在，與異性交朋友才能為我們在生理和心理上帶來不一樣的視角和觀點，這也是與異性做朋友的優點之一。

然而友誼能否保持「單純」，需要我們多加注意。男性和女性始終有生理上的差異，我們的四肢力量不同，生理結構導致我們在意的感官、身體部位也不同。是的，我們可以擺脫性別印象，一視同仁，但於身體上最好還是保持一個大家都舒適的距離，這樣可以保護各自的內在不會被影響，能用澄澈的視野和頭腦，守護你和他之間的友情。

最理想的相處方法是，我們理解與異性共處時的生理差異，同時保持內心的清醒——不喝醉，不受熱烈的氣氛洗腦，不因意氣之爭或受人教唆而越過對方的邊界。我很感謝我的男性朋友，他們知道什麼時候可以表達，什麼時候留給我空間。真正的友情其實真的不會以身體上的距離定作標準，尊重、信任，才是友誼的基礎。

這一課的愛人筆記：

「正因為我是你的密友，所以我比誰都懂得退後。」

第15課——暗戀好友有說出來的必要嗎？

Q：「我突然發現自己喜歡上好友了，高中三年我們都在一起玩，這種喜歡有說出來的必要嗎？我不告訴他，默默地守護著他不行嗎？」

這是一條萬年問題，不說，自己的愛意憋在心裡；說了，萬一對方拒絕自己又怕回不到單純好友的狀態。

但是容我戳破這一點：你和他，本來就不再是單純的好友了吧。

許多人往往出於對友誼消失的恐懼，便會將心意隱藏。然而事實上從你對他產生出愛意起，你和他都不再是純粹的朋友關係了。每次跟他相處，他的一舉一動你都加倍留意，那些不經意的身體接觸更會觸發你的臉紅心跳。你對他的好是帶偏愛的，同時是帶親近目的的，你願意為他比一般朋友付出更多，不求回報。

但這種付出，其實亦是一種自我滿足的期盼。對方不知道你的心意，就會對你的舉動不多加考慮，也不會與你保持那些異性（或同性）察知好感後會拉開的距離。說白了，你是在享受對方沒有任何防範下默默為他付出的過程——因為在這個過程中你也能獲得感動、悸動以及為愛人奉獻的幸福感。

因此不去告白，會不會是你逃避被拒絕的藉口呢。害怕被拒絕後的尷尬，同時介意自己在對方眼中的印象，所以你在腦海中自動加深了這份友誼的重要性，你會愈來愈覺得這份友誼是絕不可以破壞的，於是說服自己繼續去掩飾心意。殘酷一點來說：你在他眼中的形象如何，對他來說真的很重要嗎？不，是對你來說重要而已呀。你享受為暗戀對象付出時得到的感動，同時希望自己在他心中的形象不會承受變差的風險。

你說得對，喜歡一個人不需要讓對方知道，你也可以選擇守護他，感動自己。這沒有錯，只是這樣一點都不會更加幸福。

假設對方也同樣喜歡你，你告白了，你們就有機會靠近幸福一點點。

假設對方無意與你交往，你告白了，能做回朋友當然最好，你能拾回一點點幸福的碎片；而做不回朋友，你會傷心，但隨著年月過去，你們都會逐漸忘卻這份未開花的感情，起碼你已嘗試努力爭取。至於那些最友好的時光，你們都已經擁有過了，存在回憶裡誰都無法刪走。

而假如你決定不說，即使讓你一直維持現在的狀況，其實你手握的幸福感也不會增加，只會一滴一滴地減少。

你還可以守護他多久，而在他找到喜歡的人以後，你又應以什麼身分立場守護他呢？就算不把這份愛意說出口，你們就真的不會因為環境轉變而疏遠或分道揚鑣嗎？成年後我們逐漸活成孤獨的樣子，當舊朋友都逐漸有了自己的新圈子和工作，一年只聚會一兩次的時候，你真的可以像現在一樣在身邊關注和守著他嗎？

親愛的，你知道嗎。這個世上最困難的其實不是相遇，而是重逢。

有些人說了再見以後便真的不會再見，有些愛不說出口，便再也遇不見同樣熱烈的愛。永遠不說愛，你和他的最後一句對話便總是告別意味的再見。但說了愛，這句再見可能會變成的，是餘生中不停相見的約定。世上未能說出口的遺憾，總比說出口的遺憾深刻和多。

第16課

肉體關係有愛嗎？

Q：「一夜情算不算親密關係的一種？這種關係不容易受傷，你覺得是嗎？」

我認為一夜情不算是親密關係，它的成分裡甚至不涉及愛。

愛的本質是雙向奔赴的專屬付出。一夜情不講究感情，只需要情慾——**沒有考慮到對方，沒有為對方付出內心的親密衝動就是情慾**，這亦是一種以自我為本的享受。當然自私其實不是原罪，追求快感也沒什麼錯，但情慾的時限太短，它往往需要我們頻繁地投入，沉溺其中，不停刷新。每次從滿足的頂峰回落時，人就會倍感空虛，下次就需要更刺激更新鮮的享受。

它的不好在於：它沒有盡頭。你只能不停開始，卻不曾得到真正滿足。

這就是一夜情對人的傷害——**你會容易沉溺，會面對更大的寂寞，會逐漸對愛這個**

行為感到陌生。這種傷害是慢性的，它將你馴養成一隻只懂追求快感的動物，繼而輕易放棄追求更深層次的情感需求。肉體關係的快感是很容易滿足的，但是靈魂和情感層次的快感，則要求你逐漸深入地與對方磨合及交流，這是一夜情無法給予的享受。當你無法與一個人發展足夠深度的關係，你就只能從寬度入手，與很多人發展淺度關係來填補自己的空虛。

請注意，情慾的需求並不低俗，這是人天生的生理慾望。但人的精神欲望，必須透過長時間的付出，與人交流和磨合才可以被滿足。「我需要你，也想被你長久地需要」——這種欲望便是愛情的欲望。但假如你不願交出受傷的風險，就很難得到被愛的回報。

親愛的，不必太介懷哪種關係會少受傷一點。親密關係中讓人感到可怕的並不是受傷，真正可怕的是，你無法由衷地為他付出，也更沒法透過付出而進化成一個更好的人。當你不被任何人需要，你也不需要任何人，這不是自由的幸福，而是無法擺脫的寂寞。

我覺得真正的愛情是這樣的：你的肉體有時使我快樂，你的靈魂有時使我哭泣，我愛你綻放美好的肉體，但更愛你永垂不朽的靈魂。

這一課的愛人筆記：

「當你不被任何人需要，你也不需要任何人，

這不是自由的幸福，而是無法擺脫的寂寞。」

第17課——我應該繼續等待他的回應嗎？

Q：「如果對方一直對我的追求或示好沒有回應，我應該繼續等待嗎？」

——沒有回應，不就已經是一種回應了嗎。

沒有回應，反而是最簡單的暗示。

我想我們每個人都能感受到對方的熱度是否與自己維持在同一條水平線上。若情感的天秤只往一邊傾斜，位於下方的人無論如何傾倒，對方都無法、也不願看見。

你可能會害怕錯過機會，但事實上，當對方對你有相應的好感卻又因為其他因素而怯於表達時，他或多或少都會給出一條隙縫，這是你可以進入對方生活的信號，也是讓人值得繼續付出的一份盼望。

如果還是猶疑不定，又或者對方忽冷忽熱，那就為自己設一個期限吧。當你認真地表達過、付出過，對方都不為所動，或者只給予少許施捨般不平等的回應，那便痛快地離開。世上沒有任何一種非血緣關係，值得你費盡年月去無償獻奉。

當付出由甜蜜變成痛苦，便是付出不再值得的徵兆。

親愛的，有回應並不一定是真正的回應，可是沒有回應，便是最誠實又確切的回應。而我們必須讓自己有勇氣去看見。

這一課的愛人筆記：

「沒有回應，不就已經是一種回應了嗎。」

第18課 只有完美的人才會被愛嗎？

不，反而是不完美的人才有愛的動力。極端一點我甚至會覺得，完美的人沒有被愛的需要。

據《聖經》記載，亞當和夏娃一直在伊甸園裡無憂無慮地生活，不知善惡，是完美的個體，直至他們誤吃了禁果，開始生出羞恥心及情慾後，就被神逐出樂園，最後愛上對方，結合生子。然而我覺得他們渴望結合的原因，是因為他們意識到自己的不完美——禁果讓他們知道世上有善有惡，人性是懦弱的，對比起神的全能，自己是絕對無能的，於是必須要與另一個不完美的人相伴同行。

脫離神話，來到現實社會：兩個沒有缺點的人其實很難相愛，是因為彼此都沒有空隙可以讓對方介入。一個人如果是全知全能，他就沒有和別人交換訊息的衝動和必要。當每個人都精神富足從不崩潰，就不用從別人身上尋找慰藉，缺少許多情感交流的機會。這可能解釋了為什麼世俗說大部分男性都喜歡撒嬌的女性，因為一方能感覺到被需要，從而產生出保護他人的欲望。

有一位讀者曾對我說，她努力變得優秀，成功考研順利畢業，進入了外企做顧問，收入比同齡人翻了幾倍。曾經她以為如果不夠優秀就不配被愛，但現實中卻是因為她太優秀了，讓她失去了尋愛的意欲，同時讓別人無法靠近。

親密關係，其實是從不完美的自我被他人觸及與填滿的那刻開始產生的。你的出現圓滿了我本身的某處凹陷，我情緒上的穩定又恰恰補償了你的脆弱，兩個人才有了親近的機會，有了相互扶持的需要。

是的，真愛會讓一個人慢慢變得優秀，但同樣是真愛，它容許這份優秀存在缺陷。這個社會人人都在表面上追求完美的另一半，事實上每個人都只是在尋找一個能夠互相抵銷自身缺點的對象——並不是兩個完美的人才配有完美的愛情，而是兩個不完美的碎片結合了，才有了完美的愛情。

這一課的愛人筆記：

「真愛會讓一個人慢慢變得優秀，但同樣是真愛，它容許這份優秀存在缺陷。」

「正正是你的不完美，將你變得如此珍貴，賦予你被愛的契機。」

第19課

堅持付出就可以感動對方嗎？

Q：「他坦言對我是有好感的。但他總是很忙碌，態度忽冷忽熱，我應該繼續等待他會變得更喜歡我的那一天嗎？人只要一直付出就可以感動對方嗎？」

親愛的，我想跟你分享哲學家弗洛姆在《愛的藝術》中為愛情作出的定義：「愛情是一種對生命以及我們所愛之物長期而積極的關心。**如果缺乏這種積極的關心，那麼這只是一種情緒，而不是愛情。**」

所以我想請你回溯一下：他對你有過關心嗎？如果是以前有過，但最近都沒有，那麼這種銷聲匿跡的關心已足夠反映對方的態度。如果是從來沒有，那就更明顯了，他對你的好感只是一時的情緒，並不是持續的喜歡。

你可能會接著問：「什麼是關心呢？一句問候算是關心嗎，還是需要更親密的接觸？」

親愛的，一個人的關心對你是否足夠，一來視乎你自己的需求。二來對應他與你之間的關係。你如果不是真心喜歡他，他又只是一個曖昧對象的話，關心可能只限於每天點到即止的問候。但如果對方已經是你的男女朋友，關心的需求自然會增加，其實關心也是一種付出，像我在前面文章所說的一樣，付出的層次如果不一致，就必會令彼此難受，較深層次的一方會感到被忽視，較淺層次那一方則會覺得有壓力想要逃避。因此你要做的，是認清彼此的身分，再看清對方的付出與你是否在同一層次，這樣你便能分辨他的關心是否足夠。

Q：「他曾經說過很感動我的承諾，會不會是最近他正在低潮，所以沒法給出太滿的回應？你說愛情是一個過程，那麼等待也包含在內的，是嗎？」

未來無人可以預料，所以親愛的，我無法向你保證他將來一定會變成一個深愛你的人。我只能幫你分析現在這一刻，你們真實的關係和應該得到的感受。

成年人的言論和行動理應是一致的，承諾的作用是加深彼此現在的羈絆，而不是減輕你現在對他的要求。如果他的行動從來都不跟承諾落在同一個方向，那麼他的諾言，只是謊言及廢話。

一個自稱很愛自己的寵物卻不會定時餵食的主人，他的愛可信嗎？

一個自稱很愛自己子女但不願抽空陪伴孩子的父親，他的愛可信嗎？

那麼，一個自稱是愛你，卻不願聽你的心聲，不肯陪伴你左右，不能做出改變的戀人，他的愛還可信嗎？就算他以前愛過，但無論你們願不願意接受這個事實也好，至少他的愛，在這一刻是不存在的。

是的，愛情是一個流動的過程，但過程中如果感覺到情感的交流已經中斷，只有你單方面的維繫，那就證明他早已抽身，並不在這個過程裡面。

長跑比賽的選手在初期可以落後，然而他一定不會停止奔跑。失去關心和中止投入的愛情，已經沒有可信性，就不要奢求他的愛會在某年某月突然起死回生。

我想我們在學會愛人其中一個很重要的要點，是懂得分辨什麼是敷衍，什麼是真正的承諾。與其等待大量承諾得到兌現的那一天，不如就從這一天，你決定放棄。

還記得我說過嗎？愛是世上最自由的情感——因為我們掌握著愛與付出的主動權。

而放棄，是愛最大的權利。

這一課的愛人筆記：

「承諾的作用是加深彼此現在的羈絆，而不是減輕你現在對他的要求。」

第20課 為什麼你總喜歡那些叛逆的男生？

你有試過愛上那些壞壞的，不太正經的男生嗎？你想陪伴他，甚至拯救他——當一個叛逆的男生闖進你的生命，以前不曾在生命中遇見的反抗、激昂和浪漫都一下子降臨你的世界。這個看似與眾不同的人為沉悶的生活帶來翻天覆地的改變，各種衝擊與蠢蠢欲動的好奇心，在你心底種下了好感的種子。

「我喜歡他對旁人戲謔，但只對我認真的反差感。」

「他被社會的世俗定義拋棄，沒有人明白他，我想拯救他的孤獨。」

「他是『第一個』和我如此親密的人，他能給我旁人無法帶來的刺激生活。」

但如果你有以上任何一種想法，我會勸你先停下來，再想一想，再觀察多一段日子。因為這些都不是愛一個人的真正理由。這份被追求、被人需要的快感，很容易與愛混為一談。

假如一個人喜歡用漫不經心的態度去面對社會上各種規則、自己的學業或工作，這並非單純的戲謔，可能是面對他不擅長的事物，他並沒有辦法認真付出。他應該是有一定才華的，卻不願持續地努力嘗試，心懷滿腔無法放進現實的熱情，又用對自由的追求，包裝自己貧乏的能力。

一個離經叛道的人生，是個人種種選擇造成的結果，並非這個世界聯合起來對他的奚落。是金子到哪都會發光，但如果他到哪都沒有辦法展現自己的才能，甚至沒有衝出舒適圈的勇氣，那這樣的人，你無法為他的潦倒負責，更不用妄想自己能夠拯救他。

「因為是心甘情願地沉溺，即使死亡也無須被拯救。」[1]

他的偏愛會讓你心動，大概是因為這是你第一次得到他人專屬的關懷。尤其當你是一個品學兼優的人，從小到大的懂事都使旁人對你十分放心，那麼你內心深處的心聲，自然很少有人能專注傾聽。

如今你終於被人看見了，你覺得這是上天下地獨有的關愛，所以特別看重和珍惜。但是親愛的——你不用急著回報這種溫柔，或者覺得他的愛如此罕有。你未來還會遇到很多發現你的美好的人，因此你要做的，不是將愛全數獻給第一個關心你的人，而是靜心觀察與等待，為那個真正值得的人、那個最後接收你溫柔的人，好好珍惜自己。

當然，人在不同階段是有不同需求的，這刻的你如果真的需要這份愛，確定無論如何都不會後悔，那麼你也可以去嘗試。但是你必須要保護好自己，無論是身體或是心靈上，都不要被對方的若即若離和三言兩語就丟了原則。

張愛玲為風流不羈的胡蘭成寫過一句情話：「見了他，她變得很低很低，低到塵埃裡。但她心裡是歡喜的，從塵埃裡開出花來。」

當你喜歡一個人時，真的可以卑微到跪倒地上，灑落在滿身的塵埃看起來都好像星光般浪漫。但是當你習慣了如此低姿態，你就再也站不起來。真正愛你的人，不會捨得讓你陪他一起倒下，讓你放棄那些你本來可以擁有的景色。

同樣是張愛玲，在人生晚期也說過：「我以為愛情可以填滿人生的遺憾，然而，製造更多遺憾的，卻偏偏是愛情。」

親愛的，不要讓你的人生綴滿遺憾，愛可以錯過，但只得一次的人生不能。

1.出自《小王子》。

第21課　戀愛不是任務

Q：「並沒有想要談戀愛的強烈欲望，但當看見小說劇集的愛情故事或者交往中的朋友好像都很快樂的樣子，又會蠢蠢欲動想嘗試，只是到了真的要和誰在一起的時候又會後退。我這樣正常嗎？」

你再也正常不過了。

戀愛不是任務，不是人生清單上的必要事項。事實上，人生中根本不存在什麼清單，你要做的是讓你感到快樂的事情。如果你不知道那些事情是什麼，那就去尋找它，嘗試每一件事情帶給你的感覺。在過程中你如果要放棄做任何一件事情，都是自己下的決定，沒有對錯。因為每個人的人生，說穿了就是只屬於自己的一場體驗。你要做的是將經歷變成經驗，而不是陪人經過許多風景，卻未曾擁有自己的遊記。

年輕的我們總是容易掉落一個陷阱，便是看見別人做了些什麼過後看起來很開心，就迫不及待地去複製這個動作：看見同屆的同學都考研，沒有什麼工作意欲的你又會焦慮得想去考看看；看見朋友都紛紛拍拖結婚甚至生子，你又會懷疑，自己是不是比別人慢了太多。

你複製別人的道路，拿的自然是別人想要的快樂，並不是你自發想要的。所以你才會感到抽離，想要後退。

不想戀愛的原因有很多，可能是時間不對、環境不對、人物不對，又或許單純是——**你人生中的快樂與滿足感根本不需要由戀愛提供**。

這個世界上比戀愛純粹的幸福實在太多了，可以是一份能夠備受認同的工作，是一個熱鬧溫馨的家庭，是一隻永遠忠心、不會背叛自己的寵物……

你已被足夠龐大的愛包圍，並不需要從特定的某個人身上尋找被愛的肯定與價值。

「戀愛」只是人生中眾多體驗的其中一個非必要選項。有些人生是四擇其一的選擇題，但你不同，你的人生是一道充滿可能的填充題，你可以寫道：我的幸福來自______。

答案由你而定。

這一課的愛人筆記：

「戀愛不是人生中的必需品，但自愛是。」

第22課——不幸的人是不是就不配愛人？

Q：「我總是在痛苦之中羨慕他人的人生，看見別人談戀愛好幸福，別人的原生家庭好溫馨，別人的事業好成功。他們的幸福看起來都如此龐大，我卻如此痛苦。不幸的人是不是就不配愛人和被愛？」

你又在做一件事：你在不停貼標籤。你為別人貼上快樂和幸福的標籤，往自己身上卻貼上失敗和痛苦的標籤，並摒除了中間的可能。快樂的人不是不會痛苦，痛苦的人也不是不會快樂。而你會這樣貼標籤，是因為這樣你就會好過一點——貼上痛苦的標籤以後，反正失敗已無法逆轉，你便不用再努力，能夠躲在自己的世界內不去繼續對抗命運。

幸福不是一蹴而得的東西，它有很多模樣，有大有小。大的幸福是指生命中比較廣闊的目標或成功階段，比如身體健康，愛情美滿。然而多大的幸福也好，其實也是從無數個小小的幸福累積而成的。過好每一天，吃好每一頓晚飯，珍惜每一次與人相遇和交談的機會，我們才會更靠近那些大的幸福。叔本華說過：「幸福不過是欲望的暫時停止。」你不用覬覦那些龐大得讓你痛恨的欲望，反而看看那些已經包圍你四周的東西，才有可能發現幸福。

貼上痛苦標籤的人有愛人的能力嗎？很抱歉，我認為是沒有的。因為當你未有自愛的能力，就很難擁有愛人的餘力。

你要接納痛苦的事實，但不要沉浸在裡面。我知道這是最難的一步，但你要努力找到自己生活中任何一道細小透光的隙縫——可以是朋友久違的一次聚餐，可以斷捨離自己的雜物，也可以是學習新事物的機會，那些就是生活中的契機，抓住這些契機，我們才能從痛苦中掙扎逃脫出來，將它轉化成生命中的幸福意義。

幸福其實並不是一種沒有痛苦的狀態。這個世界不存在痛苦永遠缺席、只得幸福的人生，卻確實存在著那些不斷接納痛苦的人。我們每個人既是一個痛苦的人，同時亦是一個幸福的人。這是身而為人的不幸，也是我們最大的幸運。只有當你從痛苦中看出它的價值，與它並肩同行也能找到生命中的其他快樂時，恭喜你，你已經抓住了幸福的線索。

這一課的愛人筆記：

「幸福，並不是一種沒有痛苦的狀態。」

第23課——有些愛在對你說：快逃

在網路上讀過一篇博主分享的經歷，意思大概是：如果你和剛交往的對象發展得不順利，例如約會因為天氣惡劣要改期，買好的電影票忽然不見了，想要聊天時總是有人來電打斷……相信我，這是老天正用盡一切方法對你說：「快逃。」

也許是誇張了那麼一點，但我基本上是認同的。

又或者是有些時候，眼前的這個人咔嚓一聲說出某句話，就割斷了我們編織許久的好感，可能是一句想要炫耀自己的漂亮話，甚至是一個不痛不癢的黃色笑話，都足以讓你覺得：「啊，原來我們不是同一個世界的人。」

你愛不了這樣的人。你不是突然冷感或者鐵石心腸了，而是上天要讓你清醒——快看看，他真的不適合你。

有時我們都要相信自己的直覺，沒有緣分只是修飾過後的說法，在相處途中如果感覺和這個人在一起，實在無法順利展現最真實與輕鬆的自己，那就是全世界都在為你響起鋪天蓋地的警號，而我們都有這個權利和運氣，及時逃離。

第24課——如何確認自己愛上一個對的人？

我曾經在一個婚禮上聽到對「請說出你愛上對方的原因」這種萬年問題的最佳回答。那位新娘子說：

「因為他能讓我相信我永遠值得更好的。他本來就已經很好了，但還是一直努力去讓自己變得更好。」

所以往後每逢有人問我，如何分辨對方是可以託付的，我都會想起那個新娘白紗後幸福的笑靨，然後說：

一個人如果喜歡你，他會對你說：**你值得手中的一切。**

而當一個人如果真的愛你，他會讓你「相信」——

相信你值得現有的幸福，與及所有的未來可期。

那些無法做到以上兩點的人只會覺得，愛情是件好麻煩的事情，自己已經為你付出，你就應該要感恩，因為你並不值得我為你做得更多。因此你要警覺，並不是所有愛你的人都是慷慨的，他們給出的愛都不一定值得你感恩戴德地全盤接受。

這些自以為是的愛會緊緊包圍著你的生活，它就像被溼氣籠罩而滲出水珠的四面牆壁，是讓你流淚的囚籠，讓你癱瘓在原地，不敢走出去沐浴陽光。那個人說你是垃圾，說你醜陋，說你肥胖，說你愚笨，然後將這些傷害包裝成愛，讓你相信發臭的種子有一天會發芽成愛的模樣——但事實是，施虐者一旦揮出第一下皮鞭以後便再無法愛上受虐者，因為他們再也不能站在平等的階級上，單純地付出及接受。

然而，如果你遇見了一個對的人，他永遠不會貶低你，儘管有時候連你也無法由衷地熱愛自己，但他還是會找到方法讓你看見自己的閃光點。比如是你每天下班後堅持煮的平凡晚餐，是你布置家居的獨特品味，或者是你書桌上一張又一張未敢公開發表的畫作。

你從他的感謝與描述中，被自己投擲出去的溫柔默默地回擁，像太平洋永遠流動著的暖流，你明白到付出以後原來不總是失去，而是伴隨著無盡的獲得。

愛上一個對的人，便總能從愛人的過程中明白，愛他不是一個耗損的過程，愛他就是在愛自己。

親愛的，希望你時刻記得，不管你現在愛與未愛，愛都不應該是一件讓人感到無地自容的事情。此刻的你可以不完美，可以在某些人給的垃圾堆裡滿身傷痕，**但是總有一天，你必須丟掉手中的垃圾，才可以空出一雙手來收下禮物。**

這一課的愛人筆記：

「你必須丟掉手中的垃圾，才可以空出一雙手來收下禮物。」

行動篇

改變那些
錯誤已久的愛人方法

第25課——愛人的時候不要做的事情

請答應我，這九件事情，在愛人的時候都千萬不要做：

- 不要介入別人的愛情，無論你的初衷是什麼，當你知道自己不是先來的那位，就要離開。別相信對方口中的苦衷和難處，他若是真的愛你，就會先將苦衷和難處都解決好，而不是將你拉進狹窄的三人空間當中一同受苦。
- 不要再浪費時間等待那些暴力的人改過，無論是身體上的暴力，抑或是言語上的冷暴力。他未來可能會改過，但始終無法彌補你現在受過的傷。人是活在現在，而不是活在未來或過去的。
- 不要以戲弄愛情為驕傲，也別為會這樣做的人而傷心。

● 不要用被傷害過的方式去報復對方。他不會在意，真的。

● 不要去傷害自己，並以此威脅對方來順從自己，這樣不是拉近距離，而是將對方推得更遠。這樣的愛，也是扭曲的。

● 不要因為被愛所以有恃無恐。

● 不要輕易將分手掛在口邊。當你對分離表現得毫不重視，會讓對方同樣不珍惜相聚的緣分。開玩笑的分手總有一天會成真。

● 不要花費自己的青春陪伴眼前這個人變成一個更好的他，卻變成一個更差的自己。

最後一件——不要因為你經歷過以上任何一點，就放棄了去愛。

第26課　切忌一開始愛人便先自首

親愛的，如果說有什麼行為是愛情剛開始時要盡量避免的，那其中一樣就是：**要避免在交往初期迫不及待地揭露自己的一切，特別是那些自以為壞的一面。**

有些人在戀愛初期，會習慣將對方的愛視為一種救贖，覺得「像我這樣的人可以被你喜歡」是一件難能可貴的事。他們缺乏被愛的信心，在心底不敢相信有人會喜歡真實的自我，這份脆弱讓他們畏懼此刻得到的愛是虛幻的，害怕如果對方在沒有心理準備下發現那個脫去妝扮、除下濾鏡的自己，他的愛便會自動消失。

於是一場大規模的自首行動便開始了——他們會急著說出自己的「缺點」，即使這些缺點並不是客觀事實。例如「其實我很胖，有小肚子」，「先聲明我很懶，不會做家務」，「我太笨了成績不好」……這些所謂的缺點，在單身的時候明明能夠被自己接納，被人愛上後卻油然生出一種罪疚感。所以便立刻想要告解，想急切地向對方報備。

然而一個人會這樣做的原因，有時其實不是真心重視對方會怎麼看自己。如果真的在意，應該掩飾才是。他們真正想要的是「讓對方也答應喜歡這個我」，於是透過戀情開頭匆忙的自首，半強迫對方去接納這個原本的自己，想愛人承諾：「不會呀，我覺得你很好。」後來如果對方因為這些缺點產生不滿，自己也占了「我早就已經告訴你，是你變得不願接納我了」這種情緒勒索的優勢。

但是親愛的，我們不要這樣做。就算自己身上有部分缺點是真實存在的，在親密關係中你先要做的是改變，而不是讓雙方先聚焦你身上的疤痕。你應該盡量帶給對方的，是一個全新的自己，一個「和你在一起才會出現的獨特的自己」。而那些已經過期的版本，不需要太過在意，也不要強迫對方喜歡上過去的你。

因為他喜歡的，理應是現在的你。他喜歡如今這個糅合了過去時光的你，不一定要知曉過去。**我們不應該用疤痕換取愛的寬容，因為這樣疤痕就永遠都被需要，永遠都不會消失。你亦不會有動力和勇氣讓它癒合。**

並不是建議你要隱瞞過往或者撒謊。而是日子還有那麼長，實在沒有必要將那些留待對方發掘的個性和習慣一下子全都挖掘出來。他對你的喜歡，自然會驅使他主動去認識你的不同模樣。而那些尚未能觸及的部分，反而會成為愛情前進的燃料。

小王子說：「沙漠之所以美麗，是因為在沙漠的某個角落埋藏著一口井。星星美麗，是因為有一朵我們看不見的花。」

在愛人初期保持不傷人的一種神秘，其實會讓這份愛情持續美麗。真正重要的東西，不要用眼睛強迫對方去看，而是要雙方都用心慢慢去感受。

這一課的愛人筆記：

「你不要用疤痕換取愛的寬容，因為這樣，你永遠都需要留下疤痕。」

第27課　為你好

父親是個公認的大好人。有時去餐廳吃飯，他點的牛肉麵來到了，他會問我：「你要不要吃？真的不吃？吃一口吧？」但是他沒有察覺我不愛吃牛肉；如果他穿著外套，看到穿短袖的我就會說：「你冷不冷？我給你外套吧？你冷的對吧？」他始終無法理解，我就是因為怕熱才穿短袖出門的。

他真的是一個好人。很可惜的是，所有人都無法由衷感謝他的善意，只因這些好意缺乏理解他人的前提，他永遠只有付出的渴望，沒有觀察的耐心。

——有一種好，叫做「為你好」；有一些愛，不講求回報，全都是付出。

我依然很愛我的父親，但是也無法否認：

「你滿腔的溫柔，會讓我難受。你的溫柔，讓我好不自由。」

然而很多時候，我們對所愛之人都是這樣的。

我想「為你好」——於是我會做出一些自以為能讓你快樂的行為。就算你現在不快樂也沒關係，我相信你未來會快樂的；不感謝我也沒關係，我不需要你的感激，我不是那麼狹隘的人……但正正是這些「沒關係」，才是這份愛裡面最大的關係。

當一份溫婉動人的好意重複三遍以後，它會迅速凋謝，成為最洶湧澎湃的惡意。世事就是這麼神奇的一回事，物極必反，自己的好意與對方的忍耐都有一個臨界點，過了那個點，我們一路以來建構的愛都將分崩離析。

你可能會問：這樣也能怪我嗎？我能得到什麼嗎？我才是付出的那一個。

親愛的，**不是所有付出都能夠被尊重，都能發育成愛的。**

同時，你的確得到了很多。

透過擅自的付出，你能夠獲得偉大的成就感、被填滿的責任感和自我感動。你和他都「滿載而歸」，只不過你得到的是自己熱淚盈眶的滿足，而他得到的，則是漫長的忍耐以及欲要拒絕的罪疚感。你的付出就像頻繁的春雨，落在帶了傘的愛人身上，可能是浪漫；但落在毫無準備的他身上，只會是麻煩。

或許有那麼一個人，他一直為你撐著傘，你以為這個世界上再也不會有這樣無微不至的愛了。直到離開他以後你才發現——天根本沒下過一滴雨。

我們必須注意自己的好意，有沒有蓋過對方的表達，在釋出好意之前又有沒有充分觀察時機，知道即將給出的事物會否影響他人，否則一切付出都不能被對方心甘情願地接收。愛，便是這樣消耗掉了的。親密關係中最讓人無奈的，其實往往不是無法避免的傷害，而是無法拒絕的溫柔。

這一課的愛人筆記：

「那些為你好的關心，原來只會讓你關上你的心。」

第28課 不要像一塊鏡子那樣去愛人

「我是一個睚眥必報的人，別人怎樣對我，我便怎樣對別人。我愛的人怎樣愛我，我就怎樣回應他的愛。如果他對我說謊，我也不會對他處處坦白。」

這是我們經常會聽到的交往態度：你怎樣對我，我便怎樣對你。先不論在一般交際中這種想法會帶來什麼後果，但我認為在愛情中，要盡量避免這種做法。

「你怎樣對我，我便怎樣對你」看似公平，然而它有一個不可忽視的缺點——我們會習慣將自己的行動歸咎到對方身上。我將反應與行動的控制權主動讓出了，交到別人手上，基於別人的好壞自己再作行動決定。雖然我還是能夠控制表達的細節，但是表達的方向基本上就被對方影響了。

你可能會問，那又怎樣？一個人對我不好，我對他不好有什麼不對嗎？

我們所受到的待遇，其實很多時候都不是反映了我們是怎樣的人，而是反映出對方是一個怎樣的人。他對你好，不一定是因為你有多好，而是因為他自己本身就是個很好的人。如果每次都是等到遇見別人的善意才相應地回應，這份善良便會出現滯後，你也逐漸忘記自己是一個可以主動善良的人。相反若他是個不好的人，他對你做出傷害，那自然是他的本性不好了。如果只到這一步停止就算了，但是因為「你怎樣對我我便怎樣對你」的想法，你會生出報復的心態，然後重複對方的負面行為。雖然你的目標是他，但是你的情緒被影響了，你的行動力也不再敏銳，更重要的是，你被他妨礙成長成一個更好的人。

面對一個傷害過你的人，你當然可以選擇對他不好，這沒有不對的意思，但是最好的應對方法其實是**離開**，不要讓自己有機會繼承對方的惡意，讓他將你變成一個他的複製品，成為一個像他一樣壞的人，你不會有多痛快，對方也肯定不會有多難受。

親愛的，這個世上沒有那麼多壞人，卻也沒有那麼多主動向我們釋出善意的人。如果你真的要像一面鏡子那樣去愛人，要別人走進鏡子面前對你微笑，才會報以微笑，那這份愛的實體，便不再是你，你被對方困在鏡子裡了。

愛人的時候應該做的並不是模仿那個人，而是勇敢地打破鏡子般的關係，走向自己所抉擇的人生。

第29課——愛，就是學會要控制

Q：「有時我很容易對其他人有好感，會常常心動，然後在不知不覺中我就已經喜歡上別人了。這是我無法控制的反應，那要怎麼辦？」

我同意人是可以對許多人抱有好感的，甚至有時我們都無法抵抗突如其來的心動。某天對方一旦做出一個小小的舉動，勾起你回憶中塵封的記憶，或是在對話間有一些心有靈犀的瞬間，都會讓我們覺得，對方好像是特別的，值得自己留意。

喜歡和咳嗽一樣，都是不能控制的。

但愛不是，**愛就是要學會控制**。

如果一個人只是喜歡你，他會一邊說著愛你的誓言，另一邊在生活上卻留有許多隙縫，足以讓生活上形形色色的人乘虛而入。他享受被人善待的感覺，因此以「禮貌」為名，不會拒絕別人的示好。更不會時常提醒自己：我已經有一個交往的對象了，所以要注意自己的言行。他不介意誤會，人際關係上的小誤會，比如那些暗地發酵的情愫和曖昧，更加是獲得快感的源頭。

那麼這種喜歡，就僅僅只是最淺薄的喜歡。不論是對原本的伴侶，或是新心動的對象，他其實最喜歡的永遠是自己，他會確保自己身處可以選擇的餘裕。

假如一個人愛你——他的生命裡還是會遇到許多狂風浪蝶，有時甚至真的足以摧毀原本建立的關係，但愛你的人，他會有一個保護你的敏感觸覺，當感知眼前這個新對象有機會會使自己沉淪，便會及時遠離所有交集的可能。他不是不會對人有好感，說真的，人當然會有七情六慾；但人更加有理性，知道危機就會停止行動不敢深入。

我們都不是不知後果的小孩了，咳嗽的確是無法控制的。但成熟的人會在咳嗽以後好好遵從醫囑，遠離任何引起咳嗽的食物，例如凍飲、炸物，會希望盡快回復健康的身體，而不是任由咳嗽一直蔓延，最後徹底傷害自己。

背叛的念頭就像火種，你若置之不理或者加入燃料任由它燃燒，最後只會將你建立過的一切夷為平地。因此永遠要在火花出現的一剎，就親手將它捻熄，不讓野火有發展的可能。真正愛你的人，會寧願放棄自己一個人的愉悅，也要守護你們兩個人的快樂。

親愛的，無法控制的只是喜歡，但甘願控制和克制的，才是永垂不朽的愛。

這一課的愛人筆記：

「喜歡和咳嗽一樣，都是不能控制的。但愛不是，愛就是要學會控制。」

第30課 愛，必定存在污垢

A說，她還未能坦然地在男友面前展示真正的自己，以及那些一言難盡的過去。她習慣了要在對方面前做最完美的人，因為害怕一旦有什麼不堪，「愛」便會減少。就像是扣分制一樣，成年人都會在暗中計算每個人的最終得分：亮麗的外表+40，收入+80，混亂的愛情史-10，不良嗜好-50。

她不想去挖掘對方太深，惶恐那裡藏著什麼自己接受不了的事實。

只是時間一久，她便覺得這種關係過於功利，也太過虛偽。是光鮮的，就好像光顧高級餐廳一樣，萬事萬物都擺盤擺得美好，吃進口卻不是那種最貼心溫暖的味道，不是無償的，你知道是自己付出同樣高昂的代價所換來的。那些代價裡好像不存在愛，也不存在一絲污垢。

我對她說，親愛的，愛情不能只有鮮花與香檳的陪襯，更應該釐清認證的，正正是那些污垢，是彼此潦倒時的真實面貌，以及我們到底會如何處理悲傷這些負面情緒——如果只有歡笑與快樂，那些是親情友情也可以觸及的情感。長大後我們不再容易將眼淚告知親友。唯有愛人，理應是優先分擔我們情緒的對象。

誰都可以陪你玩樂，但不是誰，都可以陪你在塵世中隕落。

親密關係最特別的地方，是在於一個人願意承受對方的不堪，用自己的強項彌補對方的不足，互相支撐地生活下去。我們見過雙方最赤裸的身與心，因此可以確信，我喜歡眼前這個人不是因為他在世俗中有多高分，而是因為我們最靠近彼此的靈魂。

我喜歡跟受過傷的人在一起。這些人最清楚痛是什麼。

我希望你愛一個人，並非因為他好的時候有多好，而是因為他不好時，你也會覺得他是最好的人。

我願意給你看我的傷口，我也接受你最難看的部分，我們交換的是世上最浪漫的疤痕。愛如果是用什麼條件換來的，那是我們互相傷害又互相治癒的權力。

或許我們都應該記住，擁有愛情並不代表生活上就只會剩下鮮花與香檳，那並不是愛情的本意，更多時候我們會有的是傷口和污垢，但因為有愛，所以我能平靜地接受，又將它們安全地儲藏。

親愛的，你知道最讓人感動又浪漫的愛是什麼嗎？

——愛情最浪漫的地方，是我明明在血淋淋的生活中給了你轉身就能傷害我的位置，你卻溫柔彎腰，邀請我跳一輩子的舞。

這一課的愛人筆記：

「愛情最浪漫的地方，是我明明在血淋淋的生活中給了你轉身就能傷害我的位置，你卻溫柔彎腰，邀請我跳一輩子的舞。」

第31課 愛的詞性

親愛的，你知道嗎？生活除了是一個名詞，還是動詞。
同樣地，你，我，愛，本來是三個分開的名詞。
但當「我愛你」——愛便是一個溫暖的動詞。讓一切冰冷孤獨的名詞連結在一起的動詞。

動詞，是需要行動的吧？

我希望與你之間，永遠有一個動詞連接，有愛連接——
而你的愛，從此以後，亦將成為我生活中幸福的同義詞。

第32課 背叛與信任

曾經看到日本國民女兒蘆田愛菜（十年前拍攝日劇《母親》的小女主角）接受的一個訪問，記者問她怎樣看待「相信」這個行為，她的一番解答讓我覺得很有意思，以下是愛菜的回答，加上我自己的一點點補充：

「我們常常會說『我相信某個人』，可是，其實我們不是相信那個人的本質，只是在相信我們腦海中對那個人產生的『期待』而已。因為人的本質是會不斷改變的，而對方極有可能只向你呈現了其中一面，觸發了你個人的期待。」

「所以如果說那個人做了些什麼而背叛了你的信任，倒不如是說，我們只是發現了那個人不為人知的一面罷了。我們不是被對方背叛，而是遠離了自己的期待。」

「我覺得這樣想就不會過於悲傷，不會放棄相信別人了。」

或許信任就是那麼一回事吧——我信你，其實不過是在信我自己，我信我眼中的你。

但很可惜，有些人終究無法活成我深信的那個樣子。

世上許多的事情就無法定下對錯。可能對那個人而言，他並沒有對不住你，但在你心中已構成一種辜負，因為你的期待被背叛了，背叛的那個人是他，同時也是你自己。所以可以說，欺騙這個行為有一部分也源於自己。而信任，則是自己的力量。

我們永遠可以選擇要如何對待這份力量，是被它傷害，抑或用它來治癒愛。

這一課的愛人筆記：

「我信你，其實不過是在信我自己，我信我眼中的你。」

第33課　不要用母愛去愛他

成長總是讓我們不知道從什麼時候起，從被照顧轉換到照顧人的角色。我見證過很多女性朋友對愛人無微不至，主動幫對方煮飯，幫他安排日程、做家務，解決一切明明他自己有能力解決的事情，結果忙到天昏地暗也只能苦笑說一句：「欸，我好像他媽媽。」

然而我會立刻說：「不要變成他的媽媽，別做媽媽型女友。」

親愛的，我們給予對方的應該是伴侶的愛情，不要將它演變成親情般的母愛。

大部分人對母愛有一生的需求。但當你像媽媽一樣去愛對方，這份親密關係便會從「情侶」轉變為「母子」關係。母子關係最大的問題是——它不會是平等的。它是一種由母親作主導，讓孩子盡情依賴的關係，它亦會帶著監護人和被照顧者之間的階級。

弗洛姆說母愛是一種消極的體驗，是因為嬰兒一出生並沒有付出的概念，也不用付出什麼就會換到食物和注意，他們只要大哭便能召喚母親，得到豐富又誇張的回應。而我們潛意識裡默認了母愛是無條件的。

從你第一次像個媽媽一樣愛他起，他在你身上會默默尋找與自己母親相似的身影，你的付出，便會與他媽媽多年來付出的記憶重疊。

他的媽媽不曾設訴，於是你的愛也成為了理所當然的付出。

接下來，他會想得到你的欣賞、呵護、認可，你會讓自己活在對方的需要裡面，而忽略自己的需求。但當你和他的媽媽給出同樣的奉獻，他可能會感謝母親，卻未必會感謝你。因為他的母親比你年邁辛苦、更會隱藏情緒，更不需要陪伴和理解。母愛給予了他大半個人生的安全感，故此他會對你泛溢著母愛氣息的照料喜聞樂見，這份愛令他熟悉，但他未必能感恩。

母愛是消極的，但愛情不是——愛情必須積極。他必須要積極地參與你們共同的生活，積極地回應你的情緒和需要，這份愛才有走向幸福的可能。

下一次，當男友在你面前展露出孩子般的可憐模樣，向你索取任何要求，都請你要按捺自己的母愛，脫離你想要扮演的角色，用愛情的思維與視角去面對他。你要知道自己可以付出的部分是什麼，如果不願意，就要認真拒絕，再進行情侶角度的溝通，請記住一點：你愛的人不是一個孩子，你更不應該是你愛人的母親。

第34課　付出要被人看見

你跟我說：「我覺得愛情中最頻密發生的傷害，不是互相謾罵，不是互相猜疑，而是我有滿腔的委屈，他卻看不見亦感受不到。有時甚至會覺得自己能為他付出到這個地步真的好偉大，但一個人的時候，又覺得自己很可憐。」

我問：「那你有選擇讓他看見你的付出嗎？」

你沒有回應。我想，你應該是沒有的。

親愛的，跟你分享一則趣事。我的男朋友喜歡喝英式紅茶，所以每天早上我都會沖好兩杯紅茶放在餐桌，他喝完之後便會出門上班，將杯碟留給我清洗。有一次我要出差一個星期，回來後發現，馬克杯的內壁全都染上深咖色的污跡，濃茶彷彿已經深深侵蝕進杯壁之中，慘不忍睹。他這才小心翼翼地跟我說他並不知道紅茶不可以一直放在杯內，這杯茶已經放了七天了，是他嘗試清洗杯子時，才知道自己犯錯了。

那時候我便發現，對一個人而言，一直看不見的事物，好像真的就像不存在一樣，而對方亦不會去考慮那些事情是由誰去做完、又是怎樣完成的。彼此之間習慣了的遷就與付出，真的很容易被視作理所當然的義務。於是生活中的委屈和怒火，便是這樣在心中形成的。

我其實沒有生氣，他這樣也沒錯，錯的是我高估了每個人的共情力和理解力。但是自那之後，**我付出的時候，都會確保愛人都看見**。

我積極地與他分享我的付出：我為這個家購入了什麼好用的家品，他的恤衫原來要怎樣熨燙才比較筆挺。我會對他解釋我做家務的小技巧，好讓他在我忙碌時亦能幫忙，同時讓他明白這些瑣事是如何鮮明地，連同我對他的愛，刻劃在我的生活內。

這不是邀功的小心機，不是想乞求對方認同，更不是在冷嘲熱諷對方什麼都不懂，而是溫柔的分享與提醒——「我愛你，所以我願意為你做這一切。」我快樂而持續地與戀人分享這些付出，除了確保自己是能夠被看見的，同時亦在提醒自己，這份愛一直都在生長，不曾枯萎。

我們的愛和那個茶杯其實都一樣，當他看不見我平時付出的痕跡，雖不至於不愛，但這份愛意其實就已經被浪費了。愛不是言語，不是猜想，而永遠是行動。我不希望自己的付出因為被忽略，就白白糟蹋了一次跟對方表達愛的機會。這些容易被遺忘的付出便是我愛他的行動。當他看得見，明白到這份付出是來自我身上的，我才不容易囤積委屈。

這一課的愛人筆記：

「默默地付出只會感動自己，光明正大地為你付出，才是我作為你戀人的權利。」

第35課——無法接受另一半交往過的事實

Q：「雖然是早就知道的事，但我每次想到我的女友以前與好幾個人交往過，心底裡還是會有牴觸的部分，甚至有時幻想到他們相處的畫面會覺得反感……我應該怎樣做才能撇開這些想法呢？」

你知道嗎？我總是很喜歡，那些從小習慣上反映出美好特質的人。

例如每次用完膠帶，會將尾巴對摺一小部分，方便下一個人能輕易找到膠帶尾端。又比如在下雨天，會在容易滑倒的地方放上小心滑倒告示的人。這些人為什麼要這樣做呢？大概是因為，他們體驗過找不到尾端的煩躁，也懂得摔倒的痛。

我感謝那些以自身經歷留下各種提醒與告誡的人。因為他們大可以不這樣做的，痛痛快快地離開或是隱瞞就可以了，並不需要將那些經歷整理，再盡他們所能去改正，提醒下一個人，不要再遇上與他們同樣的遭遇。

所以我覺得，有過豐富經歷的伴侶也是這樣吧。

他可以成為那個發現痛楚，或是主動帶你避開傷口的人。

曾經用力愛過的痕跡並不是污點，那是用傷口贖來的溫柔，僅僅是為了能夠好好愛現在的你。你不要以為那些過去是一種荒唐，那是一片他們都無法逃離的悲痛，同時是讓他們的生命如此成熟的過往。

你身上擁有的傷口，便是讓你去愛人的溫柔。

也正正是因為這些經歷，這些愛情上實踐過的習慣才能匯聚成一條條脈絡，每次當你和你愛的人陷入迷霧，便能夠沿著這些脈絡迴避那些更大的傷害，找到幸福的出口。誰說白紙般的戀愛就比較容易畫出幸福的輪廓呢？

因為愛過，也愛錯過，所以才懂得如何用正確的方法，去愛你喔。

這一課的愛人筆記：

「我身上擁有的傷口，便是讓我去愛你的溫柔。」

第36課——過於用力的愛

你是否也試過，被愛綑綁得不能呼吸？

有時是肯定對方是愛自己的。不然經歷過的劫難、交換過的承諾與真心都顯得太過兒戲。但從某年某月起，這份愛開始不平衡——天秤不斷往你的那邊傾斜，使我的雙腳開始懸空，我在離地以後望向你那方，你還在專心一意地往秤盤加重，彷彿毫不察覺，我有多高，離你就有多遠。

「你是愛我的，可你愛我的方法令我好痛苦。」

正正是這份過重的愛讓我們互相遠離。

親愛的，一個人如果不是以我們想要的方法去愛對方，雖然不會否定這份愛的真實，卻也無法確定這份愛是否能帶我們找到幸福。尤其是當其中一方受傷過後，我們不能隨意用自己的愛去圍堵對方。就像地震過後的危房你不能立即開展重建，大興土木，否則只會換來更大的崩塌。

每個人的內心能夠承受的重量都不同，在愛人的過程中，我們都要細心留意對方需要的部分，陪伴他清理瓦礫，可能是不會一下子清掃得完的，也總會剩下那些永遠無法掃走的痕跡。但每個人活在世上，總會攜帶一些悲傷，一些念想，那是我們的獨特，就不要妄想捨棄。如果還未能抵達某些深處，那便守在門外，那時對方需要的是等待，而不是自以為是的闖入。無論是愛人抑或被愛，需要的都是包容，而不是包圍。

我們都要找到讓對方舒服的脈絡，注入適量的愛，而不是釋放洪水，那只會沖散我們的聯繫。

這個世界上有些事情是太過用力才會失去的。有些愛也是。

第37課——真正相愛的戀人，都願意一起做壞人

Q：「我是一個優柔寡斷的大好人。我的女友曾經說很欣賞我的善良，但是最近她投訴，認為我沒有對異性的邊界感，也為朋友付出太多了。是我的不對嗎？」

你說善良是你的個性，這當然不是一種過錯。只是如果女友表達出這樣的擔心，證明了你對外的善良在某些方面已經影響到你們之間的關係，你沒有察覺到女友對這份感情的不安，那在這點上便是你做為男友的失識。你可以做好人，但是要學會分辨，善良的限度和對象，會不會影響你愛人時的表現。

任誰都想做一個好人，可是我們要選擇這份好意的優先對象。

比如曾經有人說，我和我男友真是一個很好的人。但是只有真正靠近彼此的我們

知道，對外我們都不算是一個好人。我們在生活上都為對方留了很大片的領地，在這個領土上，主權是屬於對方的，別人無法踏進這片清淨之地——我們會拒絕影響這片領地的任何要求，例如做出動搖對方地位的舉動、損害共同財產行為，或者說出引人遐想的言論。

這樣的一個領地邊緣，是人與人之間的邊界感。保護好這片領地，就會給到你愛的人信心和安全感。相反，如果你對愛人以外的人抱有一份近乎親密的善良，你便會不自覺地離開了女友的領地，走進別人的領土。女友自然就會感到這段關係被瓜分了。

所以你可能是未清楚人與人之間的邊界感。有些人會覺得邊界感是一種隔閡，但事實上，擁有這面隱形的牆壁會令人活得更自在。電影《教父》裡有一句我很喜歡對白：「沒有邊界的心軟，只會讓對方得寸進尺。毫無原則的仁慈，只會讓對方為所欲為。」

愛人以後我們並不是不愛這個世界了，而是這份愛會有了一個優先次序。這就是愛人時的原則與安全感。你要留意這個原則會不會被你衝動的善良所擾亂。而如果你還是想要釋出這份善意，請清楚告知你愛的人，得到他們的諒解，或者調節為人付出的額度，這樣是保留自己的個性之餘，比較理想的處世之道。

成年以後，我並不強求自己要做一個面面俱圓的好人，因為來者不拒的善良其實是種殘忍——真正相愛的戀人都會願意為了彼此，做一個適時背對世界的壞人。

這一課的愛人筆記：

「真正相愛的戀人會願意為了彼此，做一個適時背對世界的壞人。」

第38課——永遠存在的白月光

第一次聽到「白月光」這個網路新詞，是與朋友的閒聊時出現的。白月光，意指一個人念念不忘的初戀或心上人。我隨即想到張愛玲的《紅玫瑰與白玫瑰》，搜索之後果不其然，是從裡面衍生出來的代名詞。

朋友說，她發現男友有一個白月光，那位白月光最近出席同學聚會跟她男友合了影。她看過照片，沒覺得白月光有多美，卻覺得男友的笑臉尤其刺眼。

我說，那又怎樣，有白月光很正常，很好啊。

「有什麼好？」她咬牙切齒地擠出這句話。

親愛的，首先，我們永遠不要做一件事——不要試圖跟過去了的人比較，比不了。

大部分的男生都曾有一個用情至深的白月光，如果他說沒有，那你很幸運地是他第一個愛上的人。起碼到目前為止，那白月光不會是你，因為你和他仍然是在一起的。必須要最後寫上別離，那場無法善終的感情才會顯得如此珍貴。

那一位女生未必比你美麗，卻是第一個讓他明白什麼是美的人。你不用幻想眼前的他以前會用怎樣的姿態愛過她，因為一定是和現在相反的——他現在有多冷靜，他以前就有多傾情；現在的他有多成熟，以前的他就有多幼稚。他們的愛情像那些年漫長的雨季，淋溼過一些人的自尊，澆熄過一些夢想，也沖走了少年身上的傲氣。現在這個他，不會給你光鮮但無法實現的承諾，不會有全力而不顧自尊的愛，亦不會出現浪漫卻荒唐的舉動。天放晴了，一切都面目全非，換來一個乾爽的他，如今與你分享這片觸手可及的陽光。

然後你會發現，你必須要先失去那個帶著毛刺與稜角的人，才能收穫眼前這個溫潤又安定的愛人。

所以讓那抹月光掛在天上吧，白月光的存在真的威脅不了你。那些逝去的愛情就像王家衛說的那些過期罐頭。他或許會一直儲藏著，但他不會亦不敢打開，裡面全是淚水與回憶的醃漬物，打開後湧上心頭的只怕是腐物與惡臭。

你不一定要做他最愛卻不可得的那個人，做那個被他愛得最久的人就好了。只需記得，現在陪他站在這廣袤大地的人，是你。有能力讓他的生活多彩到沒有空餘抬頭的人，也是你。

當今晚黑夜來降，就牽著手回到你們溫馨的家，讓窗外的月光輕輕地在你們看不見的地方，被年月牽來的厚雲悄悄地收藏。

這一課的愛人筆記：

「你必須要先失去那個帶著稜角的人，才能收穫眼前這個溫潤的愛人。」

第39課 愛並不是虧欠

有一些愛人，比如我，在戀愛中有時會覺得對方虧欠了自己。

男友有事不能陪伴我，我會暗自記住這份悲傷。後來他對我額外的好，我都覺得這是我應得的補償，不會特別感動。

「你知道自己做錯什麼了嗎？自己想想。」我整天生著悶氣，焦躁不安，希望對方注意到我的情緒然後進行彌補。我愛比較，當看見朋友的戀人殷勤付出，自己的男友卻毫無反應，我表面上沒有所謂，但默默會記下自己愛人沒有做到的部分。

我覺得這是我應得的愛，卻因為他而不能收穫這些幸福感，所以是他虧欠了我，對不住我。漸漸我會對自己的付出有保留，付出都成為需要計較代價的慷慨，我會吝嗇我的愛，卻又覺得他的愛遠遠不夠。

這就是愛的自私症。

痊癒後的我終於明白，在戀愛中，真的不要覺得愛人對我們有所虧欠。

我們誰都沒欠誰的，我對你的愛是我自願的，愛不是一件讓我們蒙受損失的事情。**人其實愛誰，都是在以自己想被對待的方式去對待別人——因此我愛誰，都是在愛自己**。為什麼對方的愛會讓我感到有所損失呢？因為他沒有以我想要的方式對待我自己罷了。

可是這並不是理所當然的事情啊，對方不過是竭盡所能地，以他覺得可以做到的方式去愛我。雙方的期望不同並不代表這份愛就是虛假的，只是我們未能調校彼此的願望到同一個頻率。

你讓一個人感到對不住你，他就無法真誠地面對你。

你讓一個人覺得對不起你，受到壓抑的他就有更大的可能真的會有那麼一天，做出背叛你的事。

而就算能讓你覺得對我有虧欠又如何呢？

一個總是會恐懼債主的欠債人，心裡可能還是有愛的，但不多，不會足夠讓他在低落時安心向我們展示一切。因為一旦展示，一旦說出需求，他又欠下更多了。當一個人感到自己努力後只可換來匱乏，他就不敢在愛情上揮霍。

所以我不要這樣。我和你是平等又真心慷慨的，而不是機關算盡的威脅。

親愛的，我對你的愛絕對不是虧欠，更不是借貸，我給出的愛你可以不還，因我在為你給予的過程中，已經感到如此富足——當我們誰都不欠誰，這份愛才能來得無憂又無慮。

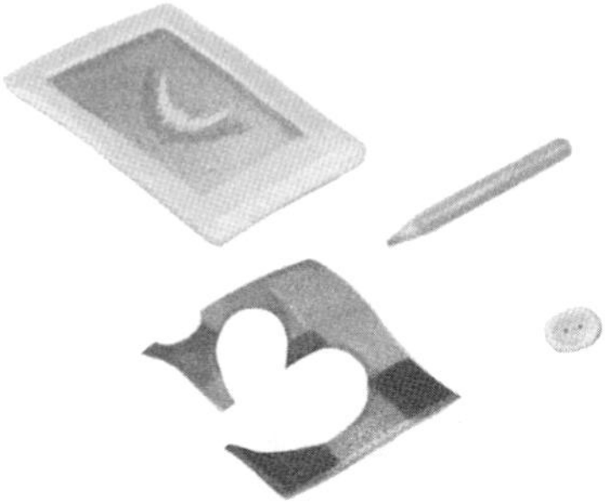

生活篇

當我們將愛
放進平凡日暮裡

第40課 相愛太久的證據

新買回來的睡衣有一股新衣物獨有的棉絮氣味，我會將它們放進滾筒洗衣機裡洗濯。用快速模式洗濯三遍過後，領口剛好會落至鎖骨，羅紋袖口散發著你買的柔軟劑的氣味，每當我擦眼或揮手時香氣會竄進手腕，穿過溫暖的胸口，包圍全身。

這樣的寬餘，這種熟悉，對我們來說剛剛好。

你也問過我為什麼新買的衣服要洗這麼多遍。我說，世上所有東西本來不屬於任何人，換個角度來說也可以被任何人擁有。但一旦沾上了使用過的痕跡以後，便變成了屬於我們的東西。

我們的愛也是這樣的吧？寬鬆而不帶束縛，可是身上永遠帶著氣味，提示著被愛的真實。可能有一天你也會脫去這身氣味，脫去這身過於寬鬆又不再光鮮的衣服，但在那以前，我予你奔跑的自由，也予你被愛的從容。

有時我會笑說我們都老了，甚至像這件穿了太多年的毛衣一樣，不再緊身，不再貼近，甚至不再如當初一樣顏色鮮豔。但後來我發現了，我們的愛就像披在身上的這些衣服一樣：

陳舊原來是相愛太久的證據。

為了讓彼此擁有，同時為了沾上屬於彼此的氣味，我們甘願一次又一次地跳進生活的黑洞裡被搓揉，互相纏綿，互相殘留。

到那時才能學會，世上最幸福的愛並不是緊貼綑綁著誰，而是有一個人願意和你一起牽手，也一起變舊。

致親愛的你：「我對你的愛從來都是廝守而不是占有。」

這一課的愛人筆記：

「陳舊原來是相愛太久的證據。」

第41課　我喜歡沒有共同愛好的你

E：

不記得是從什麼時候起我成了模仿你的應聲蟲，你喜歡的事物，對我來說都像水一樣必要，對你來說平常不過的東西，比如那些高端的愛好、陌生的興趣，都讓我惶恐又心生親近的欲望。後來我明白我為什麼如此著迷，我就像個住在沙漠的貧乏遊人，而你是我一生不曾遇見的綠洲，充沛又富有生機。

自小學習小提琴的你喜歡古典音樂，完全不懂的我便由零開始去認識。什麼帕格尼尼，什麼德布西，那些拗口又陌生的外語名字總會使我沉默，就像是一尾魚被釣線縫上嘴巴，卻屢次甘願地上鉤。這全都沒關係。只因我知道那個站在遠處握著釣竿的，是你。

能夠愛上同一樣的東西，好像就能讓我多了一點愛上你和被你愛著的資格。

你喜歡辣度九的麻辣麵線，不喜歡香菜和蔥，你也喜歡溫子仁的恐怖電影，喜歡雨後清淨無塵的天空。所以我統統都試著去喜歡，試著去吃。被辣到流出眼淚的我在第八個禮拜，終於停止了哭泣。我看了許多遍那些極度討厭的恐怖電影，終於對那些突如其來的驚慄鏡頭有初步免疫，在陪你觀影的時候，能夠不再在你身旁捂著雙眼，透過指縫看見你無奈的笑容。

後來就在一個下著微雨的清晨。我拿起傘走出門口，心情愉快地帶著我們的小狗去散步。雨傘突然晃動了一下，我一看，是你走進了我的傘下。

我問你為什麼要出來陪我，你對我說：「你不是喜歡下雨天嗎。」

我內心驚訝你知道我真實的喜好，卻又說：「但是你不喜歡下雨天，你喜歡下雨過後的晴天。」

你接過我的傘，用一種理所當然的語氣接道：「沒有你喜歡的雨，就沒有我喜歡的雨後天空呀。」

從那天起我好像突然明白了一切。

我放棄去強迫自己只聽你喜歡的古典樂，放棄去吃根本食不下嚥的麻辣麵線，放棄看令我腦袋發麻的恐怖片。相反地，我嘗試在你面前做出與你不同的選擇，我們喜好相反的東西，有時並不代表敵對，只是先後順序的問題，而且反而能夠為兩個人換來更大片的自由，更熱鬧多彩的日常。

親愛的E，是你教會了我，不要干預你喜歡的人的喜好，而你討厭的，也不用逼著他也一同討厭。

因為我們在親密關係裡最不需要的，便是互相複製。我喜歡你，是因為你是你，並不是因為我們是同一個自己。沒有共同的喜好可能會讓你不安，可是因為這些喜好而失去自我，只會將我推離我們都喜歡的，那個自己。

這一課的愛人筆記：

「我喜歡你，是因為你是你，並不是因為我們是同一個自己。」

第42課

你要在十多歲的戀愛中學會的東西

「你只有一次初戀，不管是成是敗，都值得享受。」

第一次戀愛是獨一無二的，後來你可能會遇到很多的人，但是初戀只會有那一位。所以請好好享受那些悸動，也好好珍惜與對方相處的時光。第一次便遇上真心喜歡的人是一種幸運。若能再幸運一點，希望這也是你最後一次的戀愛。

「小說或漫畫中的戀愛帶不進現實生活。」

有些滿足與感動只能在書中的愛情故事找到。現實生活中的愛情沒有那麼光鮮亮麗，也沒有那麼多拯救別人和被人救贖的機會。更多的時候，你會與喜歡的人度過每個平凡的日夜，為瑣碎的小事煩惱，被外面的人遺忘，卻不防礙這是最真實的愛。

但那也很好呀，想要小說的感動，永遠可以在小說裡唾手可得。想要生活的觸感，便盡情在生活裡與愛人感受平凡。故事有故事的浪漫，生活也有生活的踏實。我們都有自由切換快樂的選擇。

「日子很長，不要急著掏出所有。」

十多歲的時候談戀愛就像交到了一個親密的摯友，總是會忍不住將自己的秘密、心聲、時間與及其他珍貴的事物，全都一下子獻給對方。但是日子還有那麼長，一切都需要時間沉澱推進，真的不用把愛都掏出來要對方接受。如果你用幾個月的時間，就做完了以後幾年甚至更長時間可以享受的事情，往後剩下的，又會是什麼呢？

「受傷後如果只顧著悲傷，那它永遠都停在了傷口的模樣。」

是的，你無可避免會在愛情中受傷。受傷後流淚崩潰是很正常的事情。但如果你花費大量時間哀悼這次受傷，沉溺的時間愈長，傷口便永遠只是一個給你痛感的傷口。因此你要做的事，其實是要與這份傷害好好告別，再慢慢復盤這次受傷。你要知道自己的傷口是誰給的，他做了什麼，這種人有怎樣的特徵，你下次遇到類似的人便會懂得迴避。這樣傷口便能進化成教訓，是未來讓你繞過痛楚的有用經驗。下一次你不是從零開始，你是從經驗開始。

「戀愛中不要總覺得自己虧欠。」

喜歡上一個人，對方為你付出很多，或者是被一個很優秀的人喜歡，這些戀愛的美好有時會讓你感到虛幻又惶恐。但是，就算這一刻的你無法給出相應的回報，亦不要覺得是自己虧欠了對方。這份愧疚感會磨滅你的冷靜與愛意的純度。愛是不問回報，亦確實很難做到等價的付出。如果對方是真心對你，他也不會強求你的回報。

「有些幸福，值得延遲。」

你們的手中握住的除了愛情，還有太多尚未孵化的未來，可能需要分道揚鑣各自去完成。然而別離又怎樣，時候尚早。有些真正的幸福，值得我們延遲享受。亦需要讓我們成長為更好的人才可留住這份幸福。若還有心，天涯海角都不是距離，若沒有心，那就祝你和他前程似錦，一切安好。

這一課的愛人筆記：

「有些幸福，值得延遲。」

第43課　真正的愛會允許分開

我與很多人都保持著一種距離感，就算是愛人也不一定要天天見面，比起整天黏在一起，還就對方的喜好，我更希望利用那些分開的時間，讓彼此都進化成更好的人。

「我與你保持距離，其實是因為不想太快失去你。」

就算是興趣多相近的人，相處的時候都一定有為對方妥協的部分。我放棄了自己閱讀的時間陪你看一場你想看很久的電影，雖然也會得到電影那部分的樂趣，卻也遠離了自己的計畫。而有時，當我被迫靠得你太近，我便會不小心傾倒過多黯晦消沉的思想，說出太多傷害彼此的話。雖然真正愛我的你不會責備，但正正是這份包容，有時會深深地刺傷你。

人會下意識地遠離那些消耗自己的能量。同樣地，世上沒有一個人有義務全盤接收我的情緒，哪怕那個人是父母，是摯友，是愛人或伴侶。

我不想失去你，所以我允許彼此都有分開的權利。

人與人的關係是很神奇的一回事，有時它像一把沙子，你明明握在手中卻愈握愈散；有時則像雨與大海，我們相隔整個人間，於海空兩端遙遙對望，卻終有一天能夠墜落，融入彼此的懷內，感應震動。沙與掌心，天空與海——我希望我與我珍惜的人是後者的關係。

因為有時候靠近，並不代表我們真的能夠抵達彼此的內心。然而分開，反而可以讓我們更加了解對方的真實。

當兩個人想不顧一切地聚一起，那或許是真正的喜歡。但當兩個人在分開的時候都能持續地成長，那才是真正的愛。

在和你分開的每分每秒都不只是分離，而是每個肯定自己真的愛你的寶貴瞬間。

這一課的愛人筆記：

「我與你保持距離，其實是因為不想太快失去你。」

第44課 情侶的相處之道

Q：「你和男友平常生活的相處之道是什麼呢？」

親愛的，關於這條問題我想了頗久，過去我會概括地說：「他對我很細心，我對他很溫柔。」但這些只是籠統印象，無法總結出生活上的細節。雖然這絕對不是標準答案，但我終於得出以下，彼此都認為最重要的三條要訣：

（一）不打擾對方真心喜歡的事物及工作。
（二）絕對不要用言語去傷害對方，無論是用玩笑去包裝或是直接的攻擊。
（三）說不出口的時候、不想說話或無話可說的時候，就給對方一個擁抱。

我們都不是什麼永遠強大的存在，各自都有脆弱的部分。兩個時而堅強、時而脆弱的靈魂在一起，必須小心自己身上的尖刺會割破對方，所以要避免在生活中互相攻擊，無論是故意或是無意的。我不願用說過愛的同一張嘴，親口撕破自己的誓言，這樣傷害他的同時，只是在信誓旦旦地對自己打臉。

更重要的是，我想呵護那些能夠給他養分的一切——包括攝影、工作及個人空間。所以他工作時，我不願打亂他的發揮。他可以走得遠遠的，消失一整天做自己熱愛的事情，只要這份熱情沒有辜負我們無法相見的時間；同樣地，當我需要匍匐在字海中尋找靈感時，他也會給我恰到好處的寧靜。

你人在遠處，卻彷彿還在陪伴。

「我要先找到自己的生活，才能找到我們兩個人未來的生活。」

有一天我們共同得出這樣的感悟。

我很嚮往的一個畫面，是在未來有一天，當世界回復平靜，我和他不再記掛逶迤的山河，也看盡了時光盛大的更迭，我們就回到同一間屋子裡，在某個下午做著彼此熱愛又各不打擾的工作。他看著電腦修整相片，我讀著書暢遊字海——我們都各自擁有生活中自己專屬的自豪與浪漫，因此當一起度過餘生的時候，我們能夠餘裕地互相給予，而不是窮盡一生地對峙與掠奪。

最後我們同行一生，也未曾錯過屬於自己的歸途。

這一課的愛人筆記：

「我要先找到自己的生活，才能找到我們兩個人未來的生活。」

第45課——你總是在我不愛你的時候最愛我

「我發現了你愛人時的一個壞習慣：你常常會在孤獨的時候才想念我，在我們吵架過後才想起我平日的好，在我疏遠之後你才想要彌補，想多加靠近。就像人魚在大海中會瘋狂思念陸地，在荒野裡又暗自覬覦著狂洋。」

「原來，你總在我不愛你的時候最愛我。」

「我們都熱愛在缺席中尋找愛的餘溫。尋找愛存在過的證據。但當它確切存在時，我們卻視作透明。失去後才想要珍惜，分開後才盼望重逢。」

「但親愛的，我覺得愛不是這樣的，至少令人感到幸福的愛，不會是這樣的。我們都不要在彼此缺席的時候才珍愛對方，因為我看不見。請你趁我還待在你身邊的時候給我看見。否則，再多的愛都只是悼念。而我那個時候已經不需要了。不需要的東西有多美好也好，後來的我們都無法由衷地將它擁入懷中。」

第46課 喜歡寂寞

《小王子》裡有一段我不曾忘記的對話：

「人們都去哪裡了？」然後小王子繼續說話：「在沙漠裡我感到有一點點寂寞……」

「在人群裡，你也一樣寂寞。」蛇說。

是的，親愛的你，到哪我們都會一樣寂寞。寂寞公平地到訪我們的生命，不敲門，不哼聲，安靜而遲緩地登堂入室，像夜色中那些被月光照過的鐵器一樣冰冷，又像窗邊那些吞噬一切輪廓的影子一樣鋒利。如果有誰是因為想擺脫寂寞而愛，我將很遺憾地告訴他，愛和不愛，人都無法繞過寂寞。

不要因為他的愛無法讓你的寂寞消失就懷疑這份愛。生命中那些盛大的張開和落幕都必然伴隨著寂寞，正如誕生和死亡，最初和最後，我們都必須一人獨自經歷，愛也是這樣。

你會在看見愛人笑語晏晏而不能共鳴時感到突如其來的寂寞，你會在杯觥交錯的聚餐間感到漫瀰著微醺的寂寞，你亦會在高潮的雲海墜落後感到無盡的寂寞——寂寞和愛一樣，無處可見，亦又無處不在。

由愛而生的寂寞，由寂寞而生的愛，其實都是愛的各種形狀。

第47課——你要在二十多歲的戀愛中學會的東西

「讓我們成熟地結束所有不誠實的關係。」

不論是出軌、感情變淡，還是所有帶著謊言的情節，戀愛中一旦出現這些單向或雙向的欺騙，就是放手的時候。他或你欺騙過彼此，如果還要假裝沒事發生，那便是將謊言持續了下去。讓我們成熟地，結束所有不誠實的關係吧。

「有些人是用來錯過的。」

可惜的是，不是生命中每個戀人都值得深愛；慶幸的是，每次戀愛都能教會你一些事情——有些人是來讓你學會付出的，有些人是來治癒你上一次的痛的，有些人很好，卻是用來錯過的。你們互相陪伴對方一段路，將彼此打造成一個更好的人，然後餘生形同陌路，永不相見。

「你的善解人意並沒有比你的及時表達更讓人值得愛你。」

你變得更成熟了，也更懂得忍耐了，但要時刻記得，不要將這份耐性用在錯誤的地方，不要隱藏自己想要表達的心情。如果有委屈或悲傷，與其因為怕對方擔心而不說，其實應該直接說出。因為不只你需要戀人，戀人有時也是想被需要的。過分的善解人意有時並不可愛，勇敢提出要求的你，反而會得到更多的關愛，讓人想好好保護你。

「你開始有能力成為任何人，但要做最真實的自己。」

二十歲到三十歲為止，是一段不斷擁有的時期。開始工作以後，有了能力和財力，你逐漸可以靠近自己想要的生活，遠離那些討厭的人和事。正正因為有了自由和能力，你可能會容易跟隨戀人的步伐去做他口中「應該要做的事」，「應該成為的人」。但你要記得，多愛也好，也不要為了滿足對方的願望而違背自己的內心。他喜歡的應該是真實的你，不是依他的喜好去塑造出來的你。

「愛滿足不了的東西，便在愛以外尋找。」

你會發現愛也有無能為力的地方，它無法滿足你所有的需求，甚至有時反過來，需要你放棄一些事物才可得到愛。但也沒關係，你學會一個事實——愛能滿足你最深層的欲望便已足夠了，其他匱乏的部分就在其他人和事裡面尋找吧。事業的成功感、友誼的溫馨、還在路上的緣分，這些東西都在愛的圍欄以外。人生不能只有愛情，而只有愛情，亦算不上完整又精采的人生。

這一課的愛人筆記：

「有些人是來讓你學會付出的，有些人是來治癒你上一次的痛的，有些人很好，卻是用來錯過的。」

第48課——愛的模式

Q：「交往第十年了，好像已經回不去頭幾年的自己，用那種激情去感動對方了。這樣真的還好嗎？」

為什麼一定要愛得激情轟烈、熱淚盈眶才算是愛呢？

愛有這麼多種模樣，回不去那時的愛是十分正常的。當我三、四十歲，如果有誰要給我十八歲的愛，我或許會感謝，卻無法由衷接受。十八歲的愛對我來說，太過熾熱了，會燙傷我心中想要的自在與平靜。

你會覺得當初的愛比較好，也許是因為那種模式的愛很適合那時的你們。是的，愛沒有優劣之分，只有適合與否。有很多時候，其實不是當初的愛更幸福，而是因為當初你們需要面對的環境，本就那麼容易幸福，自然能夠輕易找到適合彼此的愛。

後來的你們接受過青春的洗禮，感受過失去與妥協，見證過世界的遼闊與動盪，走到今天，看待事物的眼光早已不同，需要的愛也不會是當初的那種。

人生不同階段就會有不同的相處需求與狀態，誰都不可能沿用同一種模式的愛走到老。愛和人一樣，都需要依照環境變通，走進不同模式，目的是為了走得更舒適和遙遠。

就如動物需要冬眠，愛情也是需要休息的。休息是愛的其中一種模式，在這種狀態下我們蜷縮起來，減少情緒波動，一起度過生活中的寒冬。我們的愛不是變淡了，而是在這樣的環境下，愛本就應該調節成這種模樣去保護對方。

這樣的愛，沒有減少，而是剛剛好。

到了有一天你在相處中感到突兀，那就是時候，再次需要轉換和調節愛的模式。一段成功的愛情絕對不是一成不變的，愛情裡不變的，永遠應該只得我們不嫌改變的心。

第49課——參與≠陪伴

Q：「我的男友總是不喜歡陪我逛街，又不願陪我與好友聚會，我感到被他忽略了，我只是想要他的陪伴而已，是我要求的太多嗎？」

親愛的，先想問你一句：你心目中的陪伴是什麼呢？是兩個人在同一個空間裡做同一件事情，那種將當下完全同步的陪伴？還是兩個人待在一起，但可以各自做自己的事情，這種自由的陪伴？抑或是根本無須身處同一個地方，衷心支持對方做自己喜愛的事，這種互相信任的相伴？

再來第二個問題：如果你的戀人並不真心享受某個活動，你還會希望他與你一起做這件事嗎？

我嘗試替你解答第一道題：

你想要的陪伴，應該是兩個人完全同步，有求必應，時刻被關注的安全感。

他想要的，卻是後兩者——那種允許戀人擁有彼此以外的眼界，相互支持和信賴的心靈陪伴。

而第二道題，我想很多人的答案都是一致的：不會。因為他不會快樂，誰都不會想強迫愛的人去做不願意的事情，這種強迫和壓力會糟蹋了這份快樂。

你可能會說，他就不能為了我犧牲自己的一點時間嗎？陪伴有這麼難嗎？

親愛的，請回想一下。從小到大你「陪伴」爸媽出席人數眾多的親戚聚會，你有享受過嗎？而當你第一次意識到，爸媽「陪伴」你玩玩具時降低了自己的姿態，並非真心喜歡這個布娃娃或家家酒，你和他們都不在同一個層次的交流面上，那麼後來的你會選擇叫朋友去陪你玩耍，還是繼續要父母陪同？

所以，一切缺乏真心享受、帶著妥協的相處其實都不算是陪伴，只能算是參與。

愛我們的人可能會願意委屈自己去「參與」我們熱愛的事物。但參與無法觸發真心的熱愛，甚至會消耗好感與耐性。因此即使對方不願意參與，也不是他們的錯，亦無關愛的義務，這是每個人的自由。

當然，如果你堅持，他也可以「參與」你的購物之旅，「參與」你的朋友聚會。但就算勉強得到他的在場，試問你和他，又有誰會感到真正的快樂呢。

陪伴是真心的響應，是用時間種植出享受的過程，參與卻只是單純存在。如果愛人無法共鳴，我不建議要強迫對方犧牲，也不要動輒就上升到愛情存亡的問題。愛情裡很多的分歧，其實都與愛無關。

這一課的愛人筆記：

「陪伴是真心的響應，是用時間種植出享受的過程，參與卻只是單純存在。」

第50課 愛情不是增加，而是減少

Q：「我開始戀愛了，但我覺得我的生活好像沒有什麼變化，也沒有太多的收穫，愛不是會讓人擁有得更多嗎？如果不是，為什麼要戀愛呢？」

親愛的，我覺得，愛不是一種生命上的加法。愛不會送你太多額外的東西，那些東西，其實是由生活給你的，或者是需要你自己用行動去尋找的。

而愛，則是在這些東西裡面，給你一個專注的對象。

因為有了這個對象，你開始不在意生命中的繁華與喧鬧，你被他吸引，走到他身邊，讓你放棄其他填滿了生命、卻沒有太大感觸的事物。

所以，愛本身反而是不斷的減法。

減走沒有深交的人際關係，減走無法滿足的娛樂，減走大片虛度的時光。然後只剩下你和你愛的人，在你們溫馨的小世界。

擁有太多的人，無法專注的事物也更多，所以丟失的也更多。當人擁有一手便可抱緊的人與事，這一刻的他就是世界上最幸福的人。

第51課——戀人感受不到被愛的原因

「他是愛我的，只是他不懂表達愛。」

「他很會說情話，但甜言蜜語過後，我感覺不到愛。」

我曾經聽過這兩句話，來自不同的女生，她們的對象性格涇渭分明，一個是成熟沉穩的男人、另一個是熱情奔放的少年，但這兩個女生最後都得到同一個共通點：在愛情中嚴重缺乏安全感。

或許戀愛開始以後我們就會發現——你「愛著」一個人，和他能否感到「被愛」，是徹徹底底的兩回事。如果你對他的愛是以對方反感的形式去表達的，那麼這份愛意有多偉大也好，都注定要被曲解、消耗，甚至會被糟蹋。

許多時候，**「我能夠察覺到這份愛」比起「愛的深度」都更為重要。**

就像小時候父母那些「為你好」的打罵，那些強迫學習的辛酸時光，長大以後你可能會感激，可那都是後來的事了，這份釋懷無法橫渡時光，去彌補當日承受的淚與痛。

戀愛中的那些愛意如果是一廂情願的付出，那麼這份愛只是滿足了你自己，並不能真正滿足你愛的人。你只是給出了你擅長的東西，卻沒有去理解對方想要的到底是什麼。

喜歡和戀愛是有分別的。前者的情感可以沒有交流，可以單向，對象可能是遙不可及的存在，是暗戀的人、是偶像，或是已經逝去的愛人，那麼你用著你的方法在不影響任何人的前提下默默付出，並沒有任何問題。

但和一個人談戀愛，就必須確認愛意的流動是雙向的，要避免一方密集的付出、同時要改變那些陳舊而單一的習慣。我們表達愛的方式最好能夠貼合對方的性格：例如面對內斂務實的人，其實不需要太多花言巧語的願景，而脆弱自卑的人，會渴望堅定鏗鏘的承諾。

我有一個朋友很喜歡迪士尼。交往後男朋友的第一個生日，她便拉著他到迪士尼樂園，準備了米奇老鼠圖案的蛋糕和氣球。但對方在當天一點也不投入，後來才發現，男友已過身的媽媽生前也很喜歡米奇老鼠，她表達愛意的方式喚起了他悲傷的回憶。

人會犯錯是正常的，我們總是會將自己渴望的愛，塞進所愛之人的懷中。

所以親愛的，希望你明白的是——

不是給出了愛以後，我們就自動成為一個好的愛人。

無法給出對方想要的愛的話，這份愛便遠遠不夠。不夠你我走過四季春秋，不夠我們牽手共度白頭，甚至不夠於愛情終結時向對方挽留。唯有找到愛意與表達愛的平衡，才是我們獲得幸福的唯一出口。

這一課的愛人筆記：

「我們總是會將自己渴望的愛，塞進所愛之人的懷中。」

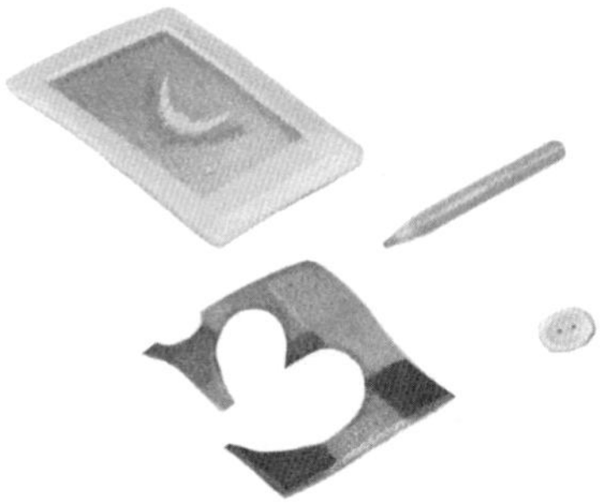

傷害篇

當我們在愛裡面
互相傷害

第52課——心動就是背叛嗎？

Q：「我對女友已失去頻繁心動的感覺了，我知道這種轉變十分正常。我以為是因為年齡漸長，我們都已經對心動免疫……可是最近，公司來了一位新同事，與她相處的過程中，我不時會被她的舉止惹起心動。這種心動是真實的嗎？這就是喜歡的開端嗎？這是否代表我背叛了女友？」

對，你這種心動是真實的。可是這並不代表你喜歡上後來遇見的那個人。而背不背叛，則是你接下來的決定。

「心動只是一刹那，喜歡卻可以是一輩子的事。」

心動是一種自然的反應，它不講道理，可能是審美使然，又可以是刹那間的情緒與衝動。我們真的可以對很多人心動，甚至我覺得這種心動有時可以不涉及愛情。比方對偶像心動，對好看的路人心動，對陌生人一個似曾相識的動作而心動。

心動——它反映的是我們對愛的渴望與喜好。

不管你此刻正在被誰擁有，心動都能夠發生。

因為一個人的愛總是力有未逮，隨著年月更迭，它無法包裹我們全部需求。心動就像是各種微小的久未滿足的念頭，於生活上自動地流竄著，趁著你不為意時潛入你的心扉，給你剎那間觸電般的充電感覺。只要人有正常社交，會心動都是正常的，但更重要的是你要小心分辨，別將這種反應與戀愛中的喜歡混淆。沒錯，頻密的心動可以鋪墊愛情，但心動並不直接等於喜歡。

因為喜歡，是一種綿長的感情，是一種希望得到特定對象回應的親密情緒，同時又是能夠與歲月抗衡、持續發育的好感。它的出現講求我們向對象長久的「付出」，需要投入時間、心意以及專注。這種好感未必是激烈的，也可能伴隨著冗長的忍耐與不時的嫌棄。但是到最後還是會給你一種安心感，一種最自在、願意為對方承受更多的從容感覺。

所以我們不要放大心動的感覺，同時要認清心動與喜歡的分別，避免心動往錯誤的方向發酵。你心動的時候，只會想重複觸電的快感，不會想重新與那個人認識和再次付出，亦不願重新習慣一個人的缺點。而喜歡卻不同，喜歡是深入了解、重複傾聽、熟習缺陷的感覺。就算在喜歡的過程中感到沉悶，甚至受傷，你也甘之如飴。

如果說心動是一瞬間的花火，難以抓緊無以為繼，每個人都能站在遠處默默欣賞，那麼喜歡便是對一朵花朵的細心栽培，你會不斷親自觀察與灌溉，期待它只為自己盛開。

愛情沒有捷徑，所有人都必須交出自己的時間與內心，去接納對方的美好與不堪。這個發酵的過程會消耗心動，卻能製造出真正持久的「喜歡」。但如果有些人因為幾次的心動，就誤以為對方是唯一特別的，不顧一切地放棄現在累積已久的感情，轉而向心動的對象投入付出，長此下去雖然可能會催生出一種喜歡，取代現有的一切，卻是代價沉重的。

所以親愛的，記住我們都需要心動，可心動的對象千千萬萬，我希望你能押在對的人身上。請你記得：「真正恆久的心動，是與舊的人走遍新的日常，而並非不停與新的人，重蹈舊日的風景。」

第53課 我愛你，但我也最討厭你

你說：「我愛你，可是你有時也會讓我噁心，讓我厭倦，讓我想要逃避。」

親愛的，我們逃離過，也比誰都知道，愛一個人和討厭一個人的心情永遠是共存地生長的。

尤其當我比誰都靠近你時，我清楚你藏於細節裡的疏忽，了解你的缺點、失落與脆弱，我們有多靠近，對彼此的憎恨就有多深。也許有時候我們都不是不愛了，只是懶得找回相愛的證據，重認那個被生活拉扯得不似人形的你和我。

形成習慣需要二十一天的重複，原來只要二十一天，我們就可以逐漸忘記愛人的步驟，習慣不愛。

所以愛人的過程其實就像學習知識的過程吧，學會的東西已經存在於腦海，不會失去，我們只是一時忘記了，被繁冗的工作與帳單占據，令你疏於表達愛，同時讓我無餘力去觀察和感激你為我所做的一切。

所以當我發現自己好像開始討厭你、開始懷疑自己是否愛你的時候，我還是願意相信這些愛只是被歲月的塵埃覆蓋。而當我用力地回頭，細看生活上的種種痕跡，那些好的壞的，均是我們無法否認的相愛證據。

看，聊天紀錄裡還藏著最愛我的你，最熱情的我們。

看，馬克杯上帶著你的指紋，杯沿還帶著黑咖啡的污印，是你工作時不斷攀爬與掙扎的軌跡，更是我為你準備過數十杯咖啡的心意。這些點滴，全都是愛的在場證明。

因此我不願輕易質疑這份愛，就算我有多麼澎湃的情緒，都不曾咆哮：「你不愛我了。」我知道就算彼此有多努力也好，如果我和你都不肯去觀察生活裡愛的痕跡，練習如何表達愛情，這份愛還是不容易被我們發現的。當繁忙的現實將那個浪漫又細心的你挾持的時候，我會轉向這些寶藏，重溫這大片溫柔的憑證。然後在你要回來的時候，我會用理解與溫柔把你贖回，而不是用崩潰與控訴將你再次綁架。

誰都可以忘記我們愛過，我也可以，但我必須是最後一位。

我們都要了解愛人時那個黑暗的自己，是必然存在的。我們愛著彼此，但還是會變得善妒、醜陋、焦慮，會惹人討厭，再也正常不過。愛的陽光有多猛烈，我們腳下的影子就有多漆黑。

看，大海會閃閃發光，不是因為它絕對純淨，反而是因為它帶有蜉蝣、魚兒、微生物與雜質，有那麼多豐富萬變的生命力。愛也是，不會只有盲目的美好，包括負面的事物在內，一切都會成為愛情成長的養分。

這一課的愛人筆記：

「包括負面的事物在內，一切都會成為愛情成長的養分。」

第54課

被背叛後應該原諒他嗎？

面對被背叛後怎麼辦這個問題，我們都知道最理想的答案是「不原諒」。但是現實不是理想，因為還有愛，還有希望，還有太多無法割捨的苦衷和共同利益，更多人會選擇的都是「原諒」。

我給出的建議是，你可以原諒，但是這份原諒，需要雙方都帶著下面這些覺悟——

「無論原諒還是不原諒，我和你都不可能回到從前的模樣。」

他不再是以前沒有做過錯事的他，你也不可能回到以前能夠全心全意信賴他的自己。原諒以後，誰都不要妄想可以重拾當時的心境去愛對方。原諒一個人，不代表要假裝事情沒有發生過。你的原諒是選擇往前走，用新的回憶、新的價值為這段愛情續期。但是舊的人和事，你只是讓它在記憶中存放著，風乾著，而它們一直都在。

「我原諒你，是因為我還愛你，所以也必然會恨你。」

試過有很多情侶初時選擇原諒，可是生活一段日子以後，被背叛的一方還是受不住痛苦的回憶和不時發作的不安，會指責對方。這種時候背叛的一方便覺得委屈，反而質問：「你不是說好了要原諒我嗎？為什麼要重提舊事？」

親愛的，原諒不是承諾，原諒只是一種嘗試。嘗試將注意力轉移到未來可期的生活，不放在過去的傷害上。**所以原諒有時是會失敗的，你的恨也是會存在的**。因為還愛著，所以才會恨。你如果對他沒有期望也不在乎彼此之間的瓜葛了，那才沒有恨的必要。

你可以選擇原諒或不原諒，更可以選擇原諒但分開，或者是不原諒但不分離。被背叛後，其實你可以做的不只有二元選擇。只是無論做哪個選擇都好，你都要跟自己說你是一個很棒的人，你有勇氣去接受這樣一個受傷的自己。

不原諒並不代表你是一個自私的人，原諒亦不應該是一種道德枷鎖。這個道理不只限於愛情，也適用於人生中任何關係。

這一課的愛人筆記：

「最後我原諒的，其實不是背叛我的你，而是那個願意被你傷害過的自己。」

第55課——致即將背叛愛情的你

老實說，成年後會發現戀愛關係不是這麼單純的事情，甚至你會看見，有些情侶明明愛著彼此，卻都有過出軌的衝動或經歷。曾經有人問過我，要是另一半有出軌的前兆要怎樣處理；甚至是，假如自己也正在面對這種誘惑，到底要如何克制。

我的答案可能有點過分簡單，我會對想要背叛愛情的那一方說：

「你再也不可能遇到像我一樣愛你的人了。」

如果當事人是你自己——你再也不可能遇到一個，用他這樣的方式去愛你的人了。

然後再問問他或自己：這樣的後果，你能夠接受嗎？

沒有他參與的未來，也不會有和他一起度過的滄海桑田，而他與你的回憶全都成為大大小小的傷口，終要被你收到掉漆的抽屜裡埋葬。

如果可以，那便去做吧，你起碼知道自己想要的是什麼，沒有違背自己的本願，亦有勇氣去承擔這樣做之後的後果。

但我接受不了背叛以後，背叛者卻說「我其實不想傷害這段關係」的說法。

有些人背叛，是知道自己想要什麼，因此去打碎現在擁有的一切；但有些人背叛，卻同時不知道自己究竟想要什麼，想到達怎樣的未來，然後便去恣意做出破壞現狀的行為。前者我能夠理解，但後者我不能苟同。因為在我看來，一切都簡單不過——

想要刺激，可以，那就坦然承受失去安穩的後果。

想要新鮮感，可以，那便告別現況給你的安全感，並勇敢面對新鮮過後接踵而來的陌生感及衝突。

「你可以擁有一切，但不可能同時。」我很喜歡瑪麗蓮夢露說過的這句話，風情萬種的她看穿了情感關係的重要規律。

我們不可能同時擁有各式各樣的愛情。你可能會遇到許多誘惑，想要去嘗試另一種愛，那也沒關係。但親愛的，希望你明白的是——每個人給出的愛都是獨一無二的，這世上亦不可能有一種完美無瑕的愛。

正如我愛我男友的方式，在這個世上，再也沒有人能對他付出一模一樣的關懷。我願意給他廣袤的自由，卻也擁有大片敏感脆弱的時刻，需要他無條件地支撐。我的愛一點都不完美，甚至帶著太多的糾結，有泛著裂縫的瑕疵，然而包括那些不堪的部分，正正就是我們愛情中無與倫比的美麗。

「欸，可能你還是會再找到一個愛你的人，但你再也不可能遇到像我一樣，用這種方式愛你的人了喔。」

那個在未來愛你的人可能也會很愛很愛你，但不可能再重現我給你的這種愛。因為連我們吵架的方式，我們給對方的感動，彼此生活上的小習慣，我們互相交纏的溫柔，都是我用生命愛你的證據。

「你再也不會遇到像我一樣愛你的人了。」

親愛的，希望你緊記這一句話，也希望你明白箇中的意義。如果可以承受，那便去做自己想做的事吧。在每個決定的當下，你也選擇了那種愛給你的各種未來。

這一課的愛人筆記：

「可能你還是會再找到一個愛你的人，但你再也不可能遇到像我一樣，用這種方式愛你的人了。」

第56課　另一半不肯聆聽我的悲傷，是因為不夠愛我嗎？

Q：「每當我很痛苦和悲傷，想要跟另一半傾訴時，他都會冷漠回應，叫我別想太多，都過去了看開一點。我感覺他是在逃避我的情緒。為什麼他要這樣做？」

有一種伴侶是這樣的，在他口中你所有的困難都是小事：職場上的人事問題只是八卦是非，婆媳糾紛不過是小矛盾，瑣碎家務哪有我的工作壓力大……你的傷口和眼淚都是情緒衍生的垃圾，就算這些垃圾是在你們共同生活中誕生出來的，他都會輕描淡寫地面對你向他投擲的一切。但在你的情緒穩定時，他的愛卻是很熱烈的，因為他知道快樂時的你很「安全」：不會崩潰，可以共鳴。

換句話說，**有些伴侶可以共「快樂」，但不一定可以共「悲傷」**。

這種人不只限於伴侶，他也可以是我們的父母或朋友。曾經的摯友為什麼會逐漸疏遠？是因為人與人在長大的過程中因為環境和自身忙碌的關係，都沒辦法及時察覺到對方的負面情緒。他們一方面會內疚，另一方面又會因為不想面對這種內疚而繼續讓自己遠離我們的悲傷：如果他不知情，就不算是罪人了。

你可能會問，為什麼要逃避呢，我只是想我愛的人聆聽我的不安而已呀。

親愛的，有時你的另一半逃避，是因為他沒有負擔你情緒的能力與自信。他初次察覺到你的難過時，第一反應是想要安慰你的，他也一定試過安慰，但隨著你抱怨的次數多了，他便覺得自己安慰了這麼多次都是失敗的，這種失敗和自尊掛勾，每當他發現「你在他身邊怎樣都不快樂」時，心中就會形成一份無形的壓力和內疚感。

所以他會勸你看開一點，放下這些悲傷吧。只要你放下了，你自己消化了這份傷害，這個問題就不再是他有份造成的過失；把問題說得很輕很輕，他便不用參與也不用自責；解決不了問題，就催眠提出問題的人「這根本不是大問題」。

他不愛你嗎？不，他是愛你的，正因為愛你，所以才會對你的悲傷感到內疚。同時他不夠強大，因此設法迴避你的悲傷。

他不是不在乎你，他只是更喜歡你們幸福快樂時，那個看似更能幹的自己——所以當你被困在痛苦深淵而他無力拯救時，他不敢爬下來伸手拉你，反而對你說，你那邊風景其實也很美。

其實你們都一樣脆弱，只是你承認了，他還不敢承認自己同樣脆弱。你知道嗎？愛情令人無奈的地方在於它有各種模樣，而我們無法否認對方的軟弱也是其中一樣。

這一課的愛人筆記：

「有些戀人可以共快樂，但不一定可以共悲傷。」

第57課　別愛那些不能自理的人

深夜走過街角，看見便利商店旁坐著一對互相依偎的情侶，身邊環繞著空蕩蕩的酒瓶和看不清的煙霧。那個男生一直說著不夠運氣之類的抱怨。擦過他們的時候，我忍不住瞥了一眼一直沉默的女生，只見她滿臉不忍，銀鈴般的眼睛明明滅滅地搖曳著他手上的一點火光，彷彿是一種對他的愛慕與期盼，又像是永夜中的自我感動和熱淚盈眶。

那一刻我突然想到：有些人不惜燃亮自己，只是為了給你點亮餘生的星光。但有些人在你眼前點起一支煙，是為了點燃自己最新鮮的疼痛。

你說他愛你就足夠了，可是我覺得，那不是同甘共苦的愛。一個人如果拉住你的手一起沉淪，自怨自艾，拒絕你的鼓勵，對你的建議置若罔聞，那是走向荒涼的愛情，甚至也不能算是一種愛情。當一個人無力愛自己，又怎會有能力愛你？想要給予和能夠給予，始終是兩回事。

他口中說過各種好聽的未來，但請仔細想想，那到底是不是你真心想要的生活，還是與現在的深谷對比下稍微明亮的陰影？是不是有了一個以他為主的目標，你就要陪他走向沒有為你著想的未來？

其實他平時並不會無時無刻地思念你，卻在被悲傷推倒以後牢牢地拉住你的手，用你的愛去包紮自己的傷口，要你的陪伴來一起咀嚼悲傷。一個只會在痛苦時才想起你的人，和一個在快樂時會率先想起你的人，當中的愛是不同的。

他身上這一場盛大的痛苦，要有你這位難友陪席，才能隆重開宴，享用的卻是你的快樂，你的關心，你的認同。

——但是親愛的，**一個病者並不會因為多了一個病友而痊癒。這場痛苦也不會因為有了一個陪他吃苦的人，就銷聲匿跡。**

有些人你永遠無法拯救，他是一個承載太多悲傷的黑洞，靠得太近會被吸入一切光明與時間，你們的愛不是一場未來可期的浪漫，而是泥足深陷的泥潭。他從不想被人拯救，他只想你陪他一起沉淪。你的光芒會刺痛他的平庸，所以他情願你庸俗，以顯得你們天生一對。

你的愛不應用來拯救任何人。如果一生攢下的勇氣只夠用來救一個人，請你對自己說：「我要拯救的，永遠是正在被愛脅持的自己。」

這一課的愛人筆記：

「一個病者不會因為多了一個病友而痊癒。
愛情中的痛苦亦不會因為有了一個一起痛的人，就銷聲匿跡。」

第58課　沒有萬能的愛，只有無能的愛人

我經常會收到很多類似的提問：「為什麼他不願意為我這樣做，為什麼他不能體恤我一點，為什麼他做不到我理想中的模樣？」

我能替他們盡可能分析戀人的行為，但是到了最後，我想讓大家都明白這一點——**人不去做某件事情除了是因為不想做，還有是因為做不了，他沒有這個能力。**

但是因為戀人的能力不足，你就不愛他了嗎？

這個世界上沒有一種萬能的愛，只有千千萬萬個無能的愛人。包括你和我，也是無能的。所以我們會依靠生活和工作上的合作來保障自己的生活條件，情感上，就需要戀愛來填滿自己被愛的慾望，在社會上需要婚姻來為自己定位，賦予家庭成員更多的權利。

我們一個人做不到的事，和別人在一起就比較容易做到了，於是漸漸便會習慣依賴，會覺得愛是萬能的，有愛就行了。我多麼地愛你喔，你要盡力地回應我的需求。

但這樣就只是慕強，不是愛人。

你永遠只會愛上一些能力比較強的人，但當發現對方有某些方面不如你所想時，你又開始嫌棄。

或者我們要接受這一點：無論多富有和多有權力的人，都擁有生命中不能解開的困難，可能是壽命、情緒、智慧甚至孤獨，每個人的專長與缺陷都不同，他擅長的可能恰好彌補你的瑕疵，但更普遍的，其實是我與我愛的人的缺點都一樣無解。所以他做不到你想要的表現，不是愛的問題。

親愛的，人在本質上，就是無能的，我們的愛，也自然有無法抵達的地方。

但戀愛奇妙的地方在於，就算它有許多無法解決的困難，就算它不是萬能的，它也能為人帶來一切都值得的幸福感。接受自己和愛人的無能，不是一種妥協，而是我們都不會將那些未能填補的缺陷，歸咎為不愛。

愛也是無能的，但就算無能也願意愛上的人，這份愛在某種意義上才算是全能。

第59課　愛情裡最常見的武器

如果說愛情中最大的傷害，肉體上的損傷固然是首要，然而最頻密發生的，必然是言語上的傷害。

那張說過愛你、吻過你的嘴，只要輕輕地開口，便能將愛反目成仇——

「我這麼愛你，你連這些事也不願為我做？」

「去照照鏡子吧，你現在和我剛認識時幾乎是兩個人。」

「這個世界上也只有我才肯要你了。」

言語真的是愛情中最方便的武器，是一把隱形的刀刃，他靠在你耳畔，與你的距離拉近，一舉刀，輕輕鬆鬆便完成了一場暗殺。當一個人知道每一句讓你快樂的話，他當然亦熟練每句刺痛你的話，知道要怎樣說才能使你椎心刺骨，近距離地用霜凍般的語氣將你冰封。

而最漫長的傷害其實不是一句分手，而是每天不斷挽留，再將嫌棄你的話帶著微笑說出口。明明那麼喜歡說謊，他卻總是在傷害你的時候才變得如此誠實。

「你把傷人的話分開說好多遍，卻沒有稀釋我的痛苦一點點。」

這世上有兩種戀人：會說話的人，不會說話但懂得沉默的人。如果他說的愛你與他的行為背道而馳，或者是，他已經很久沒有說過愛你了。親愛的，證明以上兩種戀人，他都不是。

他只是那個不願愛你，也不願承認不愛你的人。

這一課的愛人筆記：

「你把傷人的話分開說好多遍，卻沒有稀釋我的痛苦一點點。」

第60課 放下你戀愛中的勝負欲

我有一個朋友，從小到大都很好勝，而他確實很優秀，我們這群朋友不是沒有妒忌過他，但都最後都不得不承認，他的傲氣配得上他的才華。

他有一個溫柔賢淑的女友，對方同樣是個成績優異的才女，人人都說他們是天生一對，他也早早認定對方為結婚對象，雙方都朝著這個目標交往。

在一起的第五年，女生卻跟他提出分手。

男生的自尊心自然受到重擊，他發狂般問她，是我不夠好嗎？憑什麼你要離開我？那個女生給了他一個他意料不及的答案：

「不是因為你不夠好，而是因為你讓我覺得，我永遠都不夠好。」

他太強勢了，享受霸權，永遠要壓過戀人一等，收入要高過她，約會要遷就他的日程，生活上如果有爭執，也是他來決定用哪條道理分出勝負。那女生本身也是一個十分聰穎的人，卻逐漸在他的打壓之下迷失了自我，也失去了信心。本來她想挑戰報考名牌大學，就在男友的「分析」下轉而報考更保險的大學了。畢業後想要應徵某份競爭很激烈的工作，也是在男友嘲諷下放棄了這個念頭。

分手時他女友特別灑脫，分得一乾二淨，僅花了兩天就搬離了同居的住所。在親眼目睹女友離開而無力挽留的瞬間，他覺得他輸了，徹頭徹尾地輸了。

後來他跟我說起這個想法，我搖搖頭，說不是的，你不是輸了。戀愛根本不是一場勝負遊戲。但她的確比你優秀——這麼多年以來她無須跟你比較也能打從心底去愛你、尊重你，你卻未能做出一樣的努力。你的愛只是透過比較的勝負欲得來的，你以為的勝利，太膚淺了。

我相信這個道理：**若要愛人，就要先放下勝負欲。**

是的，勝過他人，向旁人證明自己「對」之後，都會得到快感。尤其是面向愛的人，我們便會容易將這種勝利的快感與他人的崇拜混為一談。你覺得贏過他了，他就會自然尊重你，敬仰你，但事實上——**你讓一個人認輸，並不會使他愛你更多。**

相反有時後退，其實會比進攻更能贏得一個人的心。如果你本來能夠為了自己的尊嚴拚上一切，但為了他，你甘願輸得一敗塗地。這才是更打動人的愛。

愛人的時候誰勝誰負，根本不重要。你想贏，我便給你贏就好了。如能給你滿足的快樂，這區區失敗也是一種大獲全勝的幸福。

親愛的，真的，戀愛中的你不用樣樣都好，你要做的，是讓他看見你那些無私的美好，更重要的，是讓你愛的人，每分每秒都有能力看得見自己的美好。

這一課的愛人筆記：

「你讓一個人認輸，並不會使他愛你更多。」

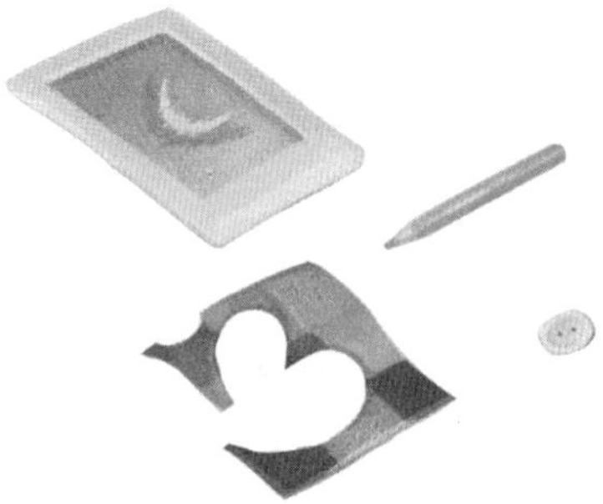

情緒篇

戀愛中各種情緒來襲時，我要怎麼做？

第61課 為什麼他討厭你的哀求？

Q：「為什麼每當我哀求戀人的時候，反而得不到我想要的愛？一個愛我的人，不是不會捨得讓我流淚嗎？」

因為你的哀求，對他來說是一種要脅。

你試過在情緒失控時拉住對方的手，求過他不要離開自己嗎？試過淚流滿面，幾乎要跪下來挽回他嗎？你試過用可憐的語氣，想要他說出愛你的承諾嗎？

你以為這些哀求是低姿態的示好，但其實哀求是高姿態的脅迫。你用低姿態的行動和情緒來將自己放上輿論的高地去俯視對方。而假如你的示弱是帶著要求的，對方就不會看見你脆弱的部分。尤其當你的示弱是在有旁人的情況下進行的，這份哀求便有了大眾壓力，對方就算順從，亦很難是發自真心。

阿德勒也說過：「軟弱其實是一種強大的力量。」

愛你的人當然不會捨得讓你流淚，但前提是你的淚是不帶要脅地流的——如果我們都以自己的脆弱作為武器，看似被傷害的人其實也在傷害對方，那麼這份愛終究將血流滿地。

這一課的愛人筆記：

「你的哀求，對他來說是一種要脅。」

第62課 為什麼你總是沒有安全感？

你是不是經常在關係中感到不安，害怕自己被拋棄，害怕對方出軌？

即使另一半竭盡所能地安撫你，承諾他不會離開，你還是會惴惴不安，暗中觀察他的生活圈，甚至翻看他的手機和私人空間。一方面你蔑視這樣的自己，另一方面你又會正當化自己的行為：如果他是真的愛我，他無須收藏，必定願意坦然向我證明。不止如此，缺乏安全感的人，還會有以下的想法與行為：

- 過度付出自己的一切時間，並要求對方同樣付出，認為這才是真愛。
- 不願相信自己的魅力值得對方長時間停留，過度神化愛人，想私有化伴侶。
- 無法好好控制情緒，會做出過激的行為或者說出推開愛人的言論，習慣用哭鬧來換取同情，要對方遷就你的要求。
- 比起直接說出我愛你，更習慣用試探和審查來驗證對方的愛。

- 明明不想對方離開，但到了愛人真的離開以後，反而會感到鬆一口氣，帶點萬念俱灰的感覺。
- 經常說晦氣話，覺得對方虧欠自己。
- 認為愛只有二元對立的關係，只有愛和不愛，並將生活上的行動歸納到這兩邊極端的定義當中：你愛我，你就要陪我；你陪朋友，你就是不愛我。

當你缺乏安全感，你便會從多角度懷疑這段感情。但是親愛的，一個人多疑，有時候不是因為對方沒有給我們足夠的愛，而是因為**懷疑他比相信他更能給予你安全感**。我們不願意相信這麼簡單就可以得到愛。相信對方很難，但懷疑對方，真的很易。

是的，「相信」對你來說是很困難的一件事。「相信」意味著潛在危險，你已經相信過你愛的人太多遍了，但最後都會被他們背叛。也許是因為小時候目睹過父母爭吵的情境，或者是長期的打罵，讓你認為關懷要麼是罕有的，要麼就是帶代價的。你一直活在一個滿是焦慮的環境，自然會對迎面而來的愛感到不可思議。

「懷疑」就不同了，你不用承受被騙風險，你可以用自己的直覺去臆想對方會做出的背叛行為，並用自己的言行去頻密檢查，降低風險。這跟貼標籤的行為是類同的，人總是會選擇一切讓自己感到更容易、更合理化的行為和想法，無論這個選擇會不會讓對方難受。

但是，「懷疑」蠶食的不只是雙方的信任，還有彼此的尊重和愛。

其實，你要先做的不是相信他，而是相信自己。

你沒有安全感是因為你不滿足自己的現狀，可是你無法填補自己的匱乏，不敢去改變自己，無論是外表上、經濟上、知識或心靈上的不足。你要先相信自己有一個閃光點，是對方在初遇你的時候他便已注意到的，不然他也不會與你開始這段愛情。你就像一顆未打磨的原石，隨著時間會愈來愈充滿光芒。但是打磨這個行為，靠的不是別人，靠的是你自己。

然後，你可以選擇遠離對方一點點。先從每天開始，定下一個時間段，不要去找他，也別要求對方向你報到。在這個時間段內為自己安排好滿滿的行程，學習獨處，同時學習「讓」對方獨處及與他人共處。慢慢適應這種距離，當你在獨處的時間也能得到自己的樂趣和找到意義，你便會找到一種內心的強大與安全感，不用靠對方來給你這一切。

如果還是感到不安，比起暗自翻看愛人的隱私，更要有勇氣對愛人說出自己的感受。得到對方言語和行動上的回饋，會減少我們強行控制對方的意圖。

親愛的，當你成為一個無可替代的存在，你不會再害怕對方會隨意離開你。

最有效的安全感，其實不是他給你的，而是自己給自己的。

這一課的愛人筆記：

「人會選擇懷疑，是因為懷疑比相信容易。」

第63課——放棄找一個完全懂你的人吧

「我忍你很久了，你都不知道嗎？」

「你不說我又怎樣知道？你能成熟一點，別想太多好嗎？」

是的，大概戀愛中有百分之五十的傷心，都是消耗在含糊不清、互相猜測的部分。我們花費太多時間去「等待」別人主動理解自己的悲傷了，反而自己卻放棄了要真誠、及時地表達：我們說話習慣說到一半，剩下的都讓對方去猜，永遠不會直接說出自己喜愛或厭惡的原因，以為這便是忍讓，相信這就是對愛情的一種犧牲。

但希望你能明白，犧牲的意思是自我選擇受傷，而這樣的犧牲其實只是自我麻醉，想讓對方虧欠——他根本不知道你痛在哪裡，唯獨是你在煎熬與麻木之間反覆地死去活來。你忍耐了痛楚多少天，不告訴對方，你們就有多少天錯過了愛情的幸福。

愛，便是這樣慢慢被消耗掉的。

時間一久，我們變得懼怕直接說出自己的情緒，亦不知要如何讓對方明白內心真正的想法，甚至覺得，那些鬱結在胸口的話對方這麼久都沒有察覺，真令人心淡，都沒有說出口的必要了。後來這份怯懦，久而久之會轉化成怒火，我們會指責對方為什麼忽視我們的感受，為什麼朝夕相見的人竟然會不理解自己的想法……

所以，親密關係中表達順暢的關鍵，是先放棄尋找一個完全懂你的人。

這種人根本不存在，即使多愛對方，彼此也一定有理解的盲區。打從出生起世上根本就沒有一個人可以完完全全理解我們的感受。是的，愛你的人可以與你有共鳴、可以共情，可以沿著你給的線索、你說的話去推敲出你的心聲。然而這些都必須在對方精神和情緒都在正極的時候才有可能發生。無時無刻都能徹底地明白你想法的人，不管在這個地球還是整個宇宙，都是不存在的。

所以如果要戀愛順暢一點，又或者說起碼想輕鬆一點，便要盡力減少兜圈和欲擒故縱的時間。你應該花時間鑽研的是表達的技巧或措辭，而不是研究如何埋藏自己的情緒。如果你說，怕對方接受不了你的情緒怎麼辦？我想，那對方就是討厭你做真正的自己，抗拒原原本本而不帶修飾的你。你應該考慮一下自己能否繼續掩飾一世，與他相伴一生。

我希望我愛的人對我釋出的愛，是直接的。同樣地，我也會確認我表達的部分，他會不帶偏差地接收得到。如果有誤會，會在即日解開，一些負面的情緒和指斥亦會盡快去釋放。有時候這些交流的確會讓雙方負荷過重，然而這份重量，不會比後來排山倒海的追討及爆發更令你們難過。

親愛的，愛情需要及時，不只是愛的部分，還有表達情緒的部分。因為這樣的愛才不容易寸草不生，這樣的人，才不會讓你遺憾餘生。

這一課的愛人筆記：

「親密關係中表達順暢的關鍵，是先放棄尋找一個完全懂你的人。」

第64課　情緒表達的三個前提

情緒本來不是一個負面的東西。然而每逢說到戀愛中攜帶情緒，人們第一反應都是抗拒的，這是對情緒的錯誤印象。首先我們要明白，**愛情本來就是情緒的產物**，又可以說，情緒是愛情的燃料——無論是好的情緒還是壞的情緒，適當地燃點它們，就能讓愛情得到溫熱，昇華至另一個境界。但是情緒的處理方法太多，一旦表達不妥當，愛情要麼不夠動力前進，要麼往錯誤的方向墜毀。

在談到情緒的表達方法之前，有三個前提，希望你能記住：

「認清自己的目標，是向對方表達自己的情緒，而不是用情緒去表達。」

聽起來好像很矛盾，但是表達情緒的最佳方法，其實是盡量不帶情緒去傳遞。我們在後面文章會更仔細談及不同情緒的表達方法。概括來說，就是減少加入形容詞以及攻擊的腔調。比起說：「你別管我，沒看到我已經很煩了嗎？」很明顯這樣說會比較好：「我覺得我現在不適合思考太多，你讓我一個人靜靜吧。」就算不使用情緒形容詞，我們其實都能夠表達出同樣的內容，同時不會讓對方感到被冒犯，降低被人誤解的可能。

「明白為自己情緒負責的人永遠是自己。」

有情緒不是一件值得奇怪的事——奇怪的是你對自己的情緒不敢採取任何行動，卻指望別人為你的情緒買單。例如你今天上班被上司小斥了一頓，下班後一直覺得委屈又生悶氣，剛好丈夫來問你一些雞毛蒜皮的小事，你便會忍不住對他發火。事實上你不快樂的情緒並不是丈夫給你的，而是來自上司對你的斥罵。但是你一不向上司解釋自己的過失，二不為自己的低落而鼓勵自己，你選擇了向不知情的人投擲自己的情緒，要求他承受你不敢向別人或自己釋放的悲憤（因為這是最方便又不需勇氣的方法），這便是不為自己情緒負責的行為。要記得鼓起勇氣、負責處理情緒的人，必須先是我們自己。

「明白自己表達得再好，對方都一定有理解上的落差。接受這個誤差。」

不被別人理解，不是你的錯，但同樣不是對方的錯。每個人對情緒的感知是基於自己過去經歷而定的，所以我們不可以理所當然地認為，面對怎樣的情緒就定要有怎樣的處理方法。好比你認為情緒A是小事，但在對方的經歷裡A可能是童年時一次悲痛回憶的觸發點。長大後我們會發現一些覺得理所當然的情緒處理方式，對很多人來說都是匪夷所思的事。有些人悲傷不會哭泣，有些人快樂會伴隨內疚感……只要沒有傷害到自己，我們都需要尊重每個人的情緒觀。

這些前提需要我們緊記在心。無論面對任何情緒，都要珍惜每次它來臨的機會。情緒其實是豐富自己內在的寶石，它可以替我們堵住內心的裂痕，又能割開心房，讓抑壓已久的壓力洩洪而出。所以不必害怕情緒，嘗試去感謝它，接受它。請問問自己：

「我願意愛一個有情緒的人，還是愛一個麻木的人？」

這一課的愛人筆記：

「愛情，本來就是情緒的產物。我們無須畏懼。」

第65課——出現負面情緒時，我要怎麼辦？

親愛的，現在的你，應該已經明白在戀愛中出現情緒是十分正常的事情。正面的情緒我們當然歡迎之至，但是當負面情緒降臨時，我們又應如何面對？

首先請緊記一個重點：

「情緒出現的時候，我們首先要解決的是情緒產生的原因，而不是去解決情緒。」

當一種負面情緒例如內疚感出現時，我們可能會哭泣，會顫抖，會提不起勁。於是人們往往花費大量力氣去解決的，就僅僅是這些情緒反應。旁人會來安慰你，目的是讓你停止哭泣，不再失控。但是這些反應平復過後——又怎樣了？你們只是解決了情緒，並沒有解決問題。你暫時停止了這一次情緒的來襲，然而下一次，還是會再度崩潰，走入死循環。

所以我們要勇敢看待負面情緒背後的原因。

負面情緒的成因大致有兩種：即時事件和過去事件。過去事件可能是童年創傷，或者是曾經談過的戀愛。的確，過去發生過的人與事未必能夠輕易忘記，事實上，我甚至認為記憶是不能消失的，它只可以被埋藏，而當它埋藏得愈深，對我們的影響便愈小。

【過去事件】

當生活中的人和事觸發我們對過去事件的記憶，腦海就會挖掘出經歷的過程，以及當時所產生的情緒。這個情緒本來是已過期的，可能連你自己也不太記得當時真實的情緒反應，但因為這個經歷不斷被頭腦捕捉，你便會重新賦予它新的感覺與意義——「我真失敗，這麼多年來我都沒有長進」，「我到現在都仍然很後悔」，當舊有情緒不斷被刷新，它就會和你的現狀產生聯繫，你讓它找到你、逮住你了。你不斷加深刻劃舊有情緒的輪廓，負面情緒就愈發清晰了。

因此解決過去事件所產生的情緒問題，**最好的方法是砍斷它與壞心情的連結，從**

循環中走出來，認同現在自己，再替這件事選擇一種新的情緒。你要放下對舊事的執著，清理已經捨離的人際關係，盡量丟掉那些會觸發回憶的媒界。如果無法割斷，那就在情緒每次來襲時都賦予它一個正面意義。你可以對自己說「我現在進步那麼多真的很棒」，或者是「雖然我還是這個樣子，但也證明這件事殺不死我」。當你明白舊有的經歷無法對你的現況造成實際威脅，你就不會容易波動，情緒出現的頻率亦會愈來愈少。

【即時事件】

即時事件就是生活中的突發情況，例如某個人對你說的話或是對你提的要求，讓你當下感到焦慮不安。面對它們，我們要**學會將情緒分類，分成「與我有關的情緒」和「與我無關的情緒」，然後只承擔那些自己可以控制的部分**。這就是個體心理學家阿德勒提出的「課題分離」理念。

我們要定下自己與他人的界線，明白什麼是自己領土以內的責任，如果是他人領土的責任和需求，卻像導彈一樣發射到你的領土內，你就要懂得閃避。例如當上司對你的工作不滿意而你自問已經盡了全力時，你自然會感到委屈。這個時候就要懂得分清委屈的原因，其實是「上司對你的要求超出了你的工作範圍和能力」。而上司從管理人員的角度出發當然會希望每位員工做到完美，不要出錯，所以那是上司自己要煩惱的課題，就算在職責上沒有辦法逃離被分配的工作，你在內心上，都有權利選擇屏蔽上司的課題所造成的情緒。

簡單來說——這是你的問題，我的內心對此無能為力。

許多時候，別人都會將他們自身的情緒需求投射到我們身上，要求我們承擔他們的情緒。最常見的是父母對子女的情緒需求（例：父母因為子女成績不好而憤怒），以及情侶之間的情緒控訴（女友覺得你不關心她）。當你能辨清這份情緒是誰造成的，就算在人際關係上不能割斷關係，內心都要適時在他人情緒上抽身（例：父母對子女有成績的需求是父母自己強加的要求，子女要明白這不是自己的缺憾；惹惱女友時，反省到底是自己哪一個行為或表達讓她感到不受重視，如果真的是自己疏忽了，就要及時解釋。如果是她自己的臆想，那就讓她自己消化。你不應對她的憤怒感到抱怨，而是就事件的成因作出必要的回應）。

面對我們愛的人，當然要向他們表達關愛，但別過度自責，也別幻想自己什麼都不做的話就定是一個壞人，對方沒有了我就會崩塌——事實上別人可能沒那麼需要你，你倒是要更在意一下自己。你能守護，但不是干涉；這不是自私，而是祝願。

對情緒有求必應的溫柔不是溫柔，它只是煽動情緒繼續蔓延和逃避的風。我們更應該做的，是看清楚火是誰點的，然後明白自己有沒有權利去撲滅。

這一課的愛人筆記：

「情緒出現的時候，我們首先要解決的是令情緒產生的原因，而不是解決情緒。」

第66課 表達悲傷的時機

許多時候你的表達沒有問題，戀人卻還是不願意傾聽。這顯然不是你的錯，但也不一定是對方的錯。人無法由衷地接受對方的意見，很可能是因為他正處於一個無力接收意見的環境和狀態，這時候無論你說出多誠懇的表達，對方都是拒絕接受的。所以成功的表達，還講究一個很重要的因素——時機。

怎樣才能讓自己和對方都處於一個合適的時機？

「表達其實可以延後。」

很多人都提倡情緒要立即發洩，不可以壓抑。但在生活上，一些和現實環境不配合的發洩只會糟蹋表達的機會。當你身處公眾場合、或者是有明顯階級觀念的環境例如辦公室，你和對方的注意力會被分散，更可能承受上級的壓力而無法坦率交流。試想想在人來人往的餐廳，或是親戚聚會上，如果你執意要向對方表達自己的負面情緒，很大機會會因為旁人的視線和侷促的氣氛，影響說話的質量。

這種情況下，押後自己的表達其實是更聰明的做法。按捺並不代表我們放棄表達，你可以讓自己先靜下來，等待雙方都回到更自在的環境後，才釋放自己的心聲。我們不要置自己和戀人於一個彼此都不利的環境，正如當你手中有想要丟棄的垃圾，也會走到有垃圾箱的地方才處理，否則只會惹來旁人的唾棄；當你想生火，你也不會在起風的時候盲目地燃點火種，那只是浪費自己的力氣。在順風的時機輕輕開口，天時和地利都會幫你將心聲更輕易地傳遞給對方。

「學會製造表達的適當時機。」

如果此刻的環境不適合，單純的等待也不是辦法。表達是有時限性的，如果你突然說起兩個月前某件事件的感受，對方可能會覺得你是故意舊事重提，自己也不一定能準確描述當時的心情。

所以懂得製造時機便很重要。

最好的時機講求「環境」與「時間」的配合，比如一個沒有家人和孩子的地方，一個靜謐又不受打擾的空間。最好的選擇是翌日不是工作天的日子，這樣也刪去了時間的顧慮。

我自己的做法是，在我未和男友同居時，我會和他去一天遊，在大家心情都比較輕鬆時說出自己的感受。在同居以後獨處的時間和空間都齊備了，就會在週末晚上約好要一起看電影。我盡量不會在大家都疲倦不堪的時候說出自己的心情，但如果只是自己心情不好，而戀人的狀態正常，也是可以表達的。當你處於一個戀人狀態比你好的時機，就算你的表達差強人意，對方還是能夠接收並且幫助我們填補表達上的不足的。

「重視對方的反饋。」

當我們將自己的負能量傾倒而出以後，都要珍惜對方給予的意見。如果只有自己一味地表達，將別人當作情緒的垃圾桶，自己卻沒有改變的意圖，那麼誰都會默認你的情緒是一次性的垃圾。「哭完你也不會改，每次都是這樣。」這種被嫌棄的說詞，或許你亦曾聽到過。

戀人給的意見，那一瞬間就算未必能由衷地接受，也要盡量表達感謝，並表示自己會找機會去嘗試。而的確，在跨過某些時間點以後，有時反而會發現對方說的話不無道理。

表達情緒時亦不要為對方設回應的前提，你的悲傷不是王牌，不是唯一的道理，亦不應覺得他「應該」要這樣回應我才算是標準答案。這樣做只會讓對方放棄向你表達真心說話，愛情中的交流若總是霸道的，就會逐漸失去新鮮感。

「表達不是只有一次機會。」

不是每個人都能順暢地面對自己的悲傷，也不是每一次戀人都能順利接下我們這份顫顫抖抖奉上的悲傷。但是請記得，表達有多於一次的機會，我們真的不用急於「康復」。許多時候，被安慰的一方與安慰的人都急於讓事情抵達快樂的結局，強行縫合傷口，反而會讓未癒合的傷痕再次撕裂。表達這回事沒有捷徑，只能靠自己一步一步地前行摸索。

無論有多痛，希望你都能繼續堅持表達那些噬人的悲痛。親愛的，一旦放棄，這份悲傷不會消失，它只是化成了你的戾氣與不幸。而當你選擇張口訴說，其實是將它們一點一滴地流走，你可以不與悲傷和解，但請給予自己釋放與改變的機會。

第67課

如何更好地表達「悲傷」

Q：「我知道溝通很重要，但每當我不開心的時候想和男友傾訴，最後兩個人都會不歡而散。當一個人被悲傷包圍，我們應該怎樣表達才對？」

悲傷時如果對愛人有傾訴的欲望，其實已經是很了不起的行為，你已經踏出了面對情緒的第一步。但因為是十分親近的人，我們對他回應的期望就會愈大，對自己表達時的注意力卻會愈低。我們急著說出壓在心頭的憂鬱，就會不小心將那些沉重的石頭扔向對方，往往會擲傷那些願意傾聽的人。

要怎樣做，戀人才願意傾聽我們的情緒？要怎樣表達悲傷，才是有效的溝通，得到對方的回應？或許你可以注意以下幾點：

「客觀地描述事件，誠實地表達感受。」

如果你此刻承受的悲傷是由兩人生活上的磨擦所產生的，在表達的過程中一定會回溯不同的事件，然後添加自己的感覺。在描述事件和對方的行為時，我們要盡量客觀，**避免使用帶有情緒色彩的詞彙，重點描述的應該是事件本身，並非塑造對自己有利的證據**。而在談及自己的情緒時要誠實，專注在自己的情緒而不是對方的行為，也不要用帶責備的語氣，盡量嘗試用中性的詞彙去初步提及自己的心情。

例如和戀人吵架後想跟他談談，你可能會說：「剛剛我和你吵架了，我覺得很生氣。我們來談談吧。」對方聽到後大概率就會感到很刺耳。首先「吵架」這個詞語有負面的意思，或許他本來並不覺得這是吵架，在他的視角裡你才是吵架的發起人，這就容易勾起對方的情緒反應。「生氣」也不是一個最佳的詞彙選擇，生氣有責怪的意味，對方在接收到這個訊息的當下便會產生被責怪的恐懼或厭惡感。這一句表達滲入太多主觀的意見，只會降低對方聆聽的意欲。

比較好的說法，是：「我和你意見不同，我感到很沮喪。」「意見不同」是事實，你只是把事實說出來，沒有責怪任何人的意思。「沮喪」也是一個不帶攻擊性的形容詞，有軟化情緒的功效，對方聽起來會更舒服甚至會產生共情。

一句好的描述是表達情緒的第一步，它就像一封邀請函，溫和地邀請戀人一起坐下來，解決情緒背後的問題。

「表達的目的其實不是解決情緒，而是解決問題。」

還記得處理情緒時的重點嗎？在跟戀人表達悲傷情緒時，其實也是一樣的。如果只是撒野般發洩所有感受，戀人就算聆聽了，也無法理解或者站在我們的角度給出回應。如果對方是男生，很多時候他們都不明白為什麼女生喜歡圍在一起痛哭，他們習慣進行「有意義」的討論。單純的情緒表達在他們的角度可能只是麻煩又沒有得益的交流，於是會下意識地逃避你的情緒。

所以最好的表達，不只是表達情緒，還要**向戀人表達出解決問題的意願**。

最簡單的流程，就是先說出自己的情緒，再說出你心目中認為的問題原因。如果原因未明，那可以邀請對方給予意見。例如：

「我覺得我情緒有點波動／沒有興致／難以集中（盡量用中性的詞彙描述個人感

受），我覺得原因可能是剛才＿＿＿＿（去形容發生了什麼）。」

「你的行為是＿＿＿＿（盡量不對他人的行為添加形容詞）讓我感到不快樂（不帶攻擊地表達個人感受），我想知道你這樣做背後的原因。」

這裡的重點是，**不要試圖取代對方去總結他的情況和感受**，也不要為他人貼上人設的標籤。因為你很可能會受自己的情緒影響而誤判對方的感受，然後對方聽到你擅作主張的總結，只會感到更生氣。「你為什麼這麼易怒」，「你是神經病」——這些都是從自我角度出發，去為別人作出的負面評價。一旦率先攻擊了別人，他肯定不會有耐心聆聽。這樣就不是溝通，只是引戰。

「邀請對方提出建議，就算找不到原因，雙方都不要放棄表達。」

當你表達情緒的目標是解決問題，你就會尋求改變情緒的契機。你可以將心目中那個疑似的問題原因提出來，再看看對方有沒有改善的建議，例如：「我最近有點不快樂（**軟性的情緒形容詞**），覺得和你距離有點疏遠了，我覺得可能是因為你工作那邊太需要你了（不使用「忙碌」，**避免替對方總結他的感受**），所以我們相處的時間減少了（客觀事實），你認為我們可以怎樣做呢？（**邀請他一同解決問題**）」

有一半的機會，你和戀人可能無法找到悲傷的原因，你也未必會認同他給的建議，但也絕對不要放棄表達。就算真的無法找到解決問題的出口，至少你也已經向對方表達出解決自己情緒的意願。這樣的情緒表達是積極的，同時是帶希望的，因為對方能積極地感覺到，即使你身陷悲傷，裡面也有微碎而溫暖的希望。

親愛的，悲傷的表達方法有很多，你也不一定要依照以上的例子，最重要的是，你能找到一個雙方都舒服的溝通渠道，用柔和的語調和詞彙表達出自己的情緒，這樣真正愛你的人就會更願意傾聽，可以不帶偏見地與你一起解開情緒的死結。

這一課的愛人筆記：

「表達悲傷情緒時，要客觀地描述事件，誠實地表達感受。」

第68課——快樂的表達方式

你有試過這種經歷嗎？當你滿心歡喜地想跟戀人分享自己的喜好或生活上的趣事，換來的只是對方枯燥冷淡的回應。那些簡單的快樂好像都無法和自己深愛的人同步，相反有時與不相熟的人，卻可以深入暢談。而人總是傾向將分享的喜悅與愛情的喜悅混為一談，這時候我們很容易便會認為自己的愛隨著快樂流向別處——你不能讀懂我的快樂，我們的愛就是變淡了。

但是親愛的，我不認為這就是不愛。只是和悲傷一樣，表達快樂也是需要門檻和時機的。

「有些快樂，的確只有自己與路人能懂。」

戀人雖然是與自己親密無間的人，但事實上每個人都會有自己的喜好，也正正是那些無法複製的地方成就了你我的獨一無二。**如果悲傷是個人的，快樂也定有對方無法共鳴的部分。**

分享快樂和陪伴這個行為很相似。有時候一個人對你的陪伴，其實並不等於參與。幼兒時期的我們，會來者不拒地歡迎大人跟我們一起玩耍，但在成長的過程中，一旦意識到父母或其他成年人和我們玩遊戲其實是降級的遷就，而不是真心享受的話，我們便不會再強求父母的陪伴了。我們會轉向與朋友或同學這些同齡人分享。這並不代表我們不愛父母，只是這樣的交流對每個人來說都更加舒適方便，沒有人需要去假裝享受。

快樂也是一樣的，選擇分享快樂的對象時我們可以不考慮愛情。當然與愛人心靈相通、會心微笑是很幸福的事，但和一個陌生的路人分享，這份快樂同樣是真實的。有些快樂只有自己和路人能懂，這種樂趣與愛無關。

「你的快樂不能建立於別人的痛苦之上。」

有一種戀人很喜歡開玩笑。玩笑就是他快樂的泉源，他能信手拈來地說出各種笑話，自以為這就是分享快樂的禮物——他的快樂總是建立在別人的痛苦之上。他愛嘲笑戀人的外表，取笑對方的尷尬事，蔑視世上所有人的不幸。面對愈是親近的人，便會愈不留情臉地掠奪對方的自尊和自信。他的快樂像是一潭污水，每吐出一次，就幾乎要沖走身邊人的信任。

我希望你不是這種人，亦不曾遇到這種戀人。如果你正在面對這些粗暴的偽快樂，請你要有勇氣告訴對方自己真實的感受：這種快樂是自私的，正在消耗我和我們之間的信任。真正的快樂必然沿著分寸與道德的界線，我們都要學會分辨釋放快樂時，有沒有過界，在場的人會不會因此而受傷。

「親愛的，感謝你願意和我一起快樂。」

悲傷時有人陪伴，我們會感謝對方。但是快樂時得到陪伴，人卻會覺得這是理所當然的。我們可能都忘記了無論是快樂抑或哀傷，有人願意陪伴都是值得感恩的。世上有這麼多龐大或細微的歡樂，為什麼偏偏能吸引到眼前這個你與我一起見證，一起歡笑與感動呢？除了緣分，也一定有彼此主動的原因在吧。

所以親愛的，下一次，當你與你愛的人歡聚過後，可以嘗試對你愛的人淺淺傳遞你的謝意——像這樣快樂的日子，有你在真好。

懂得感恩的你，在適當場合懂得分享快樂的你，願意尊重對方的你，自然會被大量綿密又純粹的快樂包圍，有什麼人會比身攜快樂的人更值得愛呢。這樣的你僅僅只是存在，就已經是許多人的快樂了呀。

第69課　你們到底為什麼會吵架？

Q：「我和女友經常因生活上的大小事爭吵，吵架時不斷傷害對方，但和好後又非常甜蜜。我感到很累了，這到底算是愛還是不愛呢？」

我覺得還有爭吵的心的話，大概率是還有愛存在的。情侶之間為什麼要吵架——**吵架在本質上其實是溝通的一個方式，只是這並非是最理想的方式**。假如你是一個擦肩而過的路人，我不會有與你吵架的心機與意圖，我讓你路過我的世界就好了。

我對你有期待，我在乎你，但我們之間有阻礙這些期待與愛的事物，我想你對我的期待屈服，所以才會跟你吵架。

雖然吵架時雙方的外在，包括姿態和語調都是帶攻擊性的，我們的內在卻不一定堅硬。吵架時的一顆心，很多時候都是脆弱的。我們像披著鎧甲的新兵兵戎相見，互舉著手中的劍瘋狂亂刺，掩飾著自己弱小不堪的事實。親密關係中吵架的衝動，出於我們被這段關係綑綁而感到的不滿，於是你我只好窮途末路地咆哮。

可見吵架的本質並非堅硬，反而是脆弱的。吵得最兇的人，就最是軟弱。

憤怒的情緒出現時，兩個人的深處都會有一種陌生感，有種不知所措的感覺。人在這種不受控的情緒下會說出平常不會說的話，做出傷害彼此關係的舉動。有些人在爭吵時像是換了個人格，冷靜下來之後才發現自己說了多麼傷人的話，感到匪夷所思。

所以我們要明白自己憤怒的原因是什麼，那麼憤怒出現時你便不會輕易被這種陌生感所脅持。當你知道你是如何走到吵架這一步的、為什麼會憤怒，你便可以轉換一個思考方式去表達同樣的心聲，然後**明白吵架只是最後一個選項，也是最低效的選項**：

「你憤怒是因為對他還有期望，但他不接受這個期望。」

一個人憤怒的原因，往往是希望改變對方，想要對方接受自己的想法卻遭到拒絕。譬如你想女友改掉遲到這個壞習慣，她一直沒有改善。又例如你想男友陪伴你但怕影響他的工作所以一直忍耐，結果發現他假期竟然約了朋友打遊戲。你的內心「對別人有期望和要求，但自己無力改變，又渴望對方自動配合我們的要求」，所以你才會憤怒，想吵架。

但這種時候**比起等待別人改變，其實改變自己更加簡單便捷**。我不是叫你改變你的初衷去遷就對方，而是**你可以改變自己影響他的方式，改變介入的方法**。如果想女友守時，可以多花點時間在一小時、半小時前打電話溫柔地提醒她。假如想男友陪伴，就不要忍耐自己的心聲，去表達自己的意願吧。但同時要詢問他的想法，是不是他也很久沒與朋友聚會了？發怒前你真的做好了解他內心的工夫了嗎？還是這只是片面的誤解？

很多時候人寧願獨自過度思考，都不願直接開口或行動去改變對方，實現自己的期待。我們花時間思考的方向是錯誤的，思考過程卻不斷加深自己的怒火，又加入許多過去的壞事例去正當化自己的憤怒。這就是小事醞釀成分手的經過。

「我對你憤怒，是因為我接受不了你的誠實。」

有一種憤怒，是由戀人不留情面地揭開我們的遮羞布所引起的。當對方在沒有預兆的情況下說出我們的缺點，就會激起我們內心的防禦機制。「人為了自己不被審判，就匆忙地審判別人。」[2] 我們就會心生厭惡，想要反駁。譬如戀人說我們懶惰、沒有上進心，我們為了加強自己的反抗力量，會指出對方相應的缺點來還擊：「你很成功嗎？你比起別人也只是一個普通的上班族而已。」話會愈說愈難聽，於是有時對方一個普通的建議都可以變成巨大的憤怒漩渦。

但是對方說的話真的沒有道理嗎？也許不是的，你是被對方的話刺到內心某處了，深處的你知道這份刺痛反映部分現實。只是恃著和戀人的這份親密，我們就有勇氣不反省自己，如果是一個不熟悉的人或是上司對我們指出缺點，我們是不會隨便動怒的。

「**我想用彼此的憤怒，鞏固我分手的決心。**」

有時並不是因為吵多了所以兩個人才想分手的，而是由於兩顆心正逐漸遠離對方，為了確認彼此的愛是不是已經瀕臨死亡邊緣，我們不斷挑起事端，證明分手是正確的選擇：「你看，你就是不講道理，死性不改。吵過這麼多次，我已經給了你很多次機會了，我們果然走不下去。」

這種憤怒比較迂迴，亦最沒必要。如果真的不愛了，鄭重地開口就可以了。然而自己沒有勇氣下這個決定，又害怕自己會後悔，才會不斷陰陽怪氣地刺激對方：等到你變成我想像中那種劣質的模樣了，你也做壞人了，我分手的念頭就不算是負心，我就可

2.出自卡繆《墮落》。

以離開你了。

「我想用憤怒讓你接受我的控制。」

我憤怒，是因為我想要支配對方，我已經放棄了用平靜又冗長的語言和道理去溝通，去說服你了。因此我選擇用立竿見影的憤怒，要令你臣服於我。

無論前面嘗試過多少次和平的談判，只要人嘗試過用憤怒來征服對方，哪怕只有一次，你都會記得這種滋味。有些人甚至會覺得當中有快感——有控制對方，樹立自己威嚴的滿足感。

但這種控制是暫時性的。沒有人可以用憤怒來換取真心，對方如果真的順從你的要求了，也只是無可奈何的屈服。我們都知道，**每一次屈服的誕生，都需要一點點真心來兌換**。

我們不是不可以直接釋出憤怒，只是這跟表達悲傷一樣，吵架只是解決了憤怒的情緒（有時更未必能夠消除情緒，只會更加堆積），並沒有真正解決裡面的問題。你能每一次都發火大動干戈嗎？對方又能每一次都承受下來嗎？當你想吵架時，你肯定是有一個目的的。

如果想實現這個目的——你要做的其實不是表達憤怒，是表達你真的在乎，釋出你想解決問題的能力和決心，而並非源源不絕的怒氣。

這一課的愛人筆記：

「吵架在本質上是溝通的一個方式，但卻是最低效的選項。」

第70課

如果要吵，就用比較好的吵架方法

理想和現實還是有差距的，我們都無法完全避免會與愛人發生衝突。那麼真的到了不得不吵架的時候，就應該選擇傷害較少的表達方式。

「避免數字化的吵架：不要跟我提數字」

如果說最有力的說服方法是給出數據，吵架時最傷人的方法便是給出一大串數字了——「我送了你多少錢的禮物」，「我禮拜一至五早八晚六地上班，你卻待在家什麼都不做」，人人都愛數字化自己的付出，好讓對方**「看得見」**自己的貢獻，就像向同事炫耀自己的業績。殊不知在雙方都處在敵對狀態時，是什麼都不想看見的。

愛的付出是不可直接比較的，你送了我價值五千的禮物，難道我送你幾百塊的手作禮物就不珍貴了嗎？如果有一天有另外一個人送我幾萬甚至更貴的奢侈品，他給我的愛就比你的真實，比你多嗎？

這種數值化的比較，終會將我們所有的愛與心意都變得功利。

「避免一葉障目：不要推翻我做過的一切」

當兩個人爭吵時，很容易只集中關注當下爭拗的要點，那一點就像滴在水杯的墨，會污染全部的清澈。僅僅是因為反感對方做的某件事，便忘記了他以前一切的好，又或者因為幾次的小錯誤就否定他整個人的價值，這才是最令人感到委屈又寒心的地方。你可以吵架，但不要加入以前發生過的事作為自己的理據，這樣吵架的傷害是會疊加的，並且那些傷口永遠都不會癒合。

「用對方的話來回應：我雖然不同意你的想法，但我認同你的付出」

憤怒是一種有時限以及消耗性的情緒，沒有人可以一直憤怒，而經過長時間的爭論，吵架的後期我們會開始尋找台階下，這個時候其實就是個修補傷害的好機會。如果想不出什麼軟化的話語，可以嘗試順著對方的話來給予認同。

譬如對方在吵架時說出自己許多的委屈與付出，你可以回應：「我雖然未能明白你的想法，但是有一點我是肯定的，我很認同你為我（為這件事／為我們兩個人）所做過的付出，謝謝你這麼重視這件事情。」

吵架不一定要得出答案，在情緒的當下也很難理性地找到共識。但就算意見相反，你永遠都可以向他傳達自己的感謝與尊重，讓對方明白你看得見他的愛——「即使我不喜歡你做的這件事，但你這個人，我沒有辦法不喜歡。」

「沉默不是逃避：我可以選擇不接受你的憤怒」

情緒是流動的，當我們釋出憤怒時，它會從強勢的那方流向較弱的一方，**如果你選擇用憤怒回報對方的憤怒，你便成為了對方這份情緒的容器**，他的情緒便流向給你保管了。

所以如果想早點結束這份情緒，就應該拒絕用同樣的情緒回應，不要做任何人的容器。假如無法笑臉相迎，你可以選擇沉默不回應，這樣做並不是冷暴力或者是懦弱的逃避，你只是避免了在雙方都無法冷靜思考時被對方的憤怒脅持。但要注意的是，在對方平靜下來後必須要找機會再次探討爭論的問題，否則就真的只是開始了循環性逃避，對方心中憤怒的種子會愈發茁壯。

吵架其實是讓我們看清關係中那些裂縫的好機會，為什麼有些情侶不怕吵架，反而吵完後更加親密，便是因為他們能夠逮住爭執中暴露的問題，並且在吵的過程中都不曾做出實質傷害對方的行為。將憤怒轉化成愛情前進的動力，這樣的憤怒才是有意義的。

這個世界上其實有千百種方法去解決和愛人之間的問題，選擇吵架，都是因為我們累了，懶惰了。身體的細胞一旦習慣了這個宣洩出口，下次情緒再來時便會自動爆發，在傷害彼此的同時，我們終將讓自己變成了一個無力為愛思考的人。

這一課的愛人筆記：

「吵架時，如果你選擇用憤怒回報對方的憤怒，你便成為了對方這份情緒的容器。」

第71課

為什麼你總在發脾氣？

Q：「男友問我：『為什麼你總愛亂發脾氣？』可是明明是他先惹我生氣的。到底是我錯還是他錯？」

我常常覺得，愛情裡任何對錯都是不重要的，重要的是過程中我們每個人的感受，和那個結果帶給我們的影響。

過程就是，你真的生氣了。結果則是，這份情緒傷害了你與愛人彼此之間的關係。這就好比發生了一宗謀殺案，死者是那個不斷挑釁你的人，但拿起刀刺傷對方的兇手是你。那麼大家先會追究的，定是刺傷別人的人，不會理會那個死者是否該死。

我自己是一個在戀愛關係中不常發脾氣的人，不是因為我是沒有情緒，而是因為我有能力察覺那些氣憤的來源到底在哪裡，然後中斷它的供應鏈。親愛的，如果你有這種困惑，我想與你分享這些控制脾氣的心得：

「當我發脾氣，我肯定是疲倦了。」

我注意到每次發脾氣之前，自己大多是在長期忍耐和忙碌的狀態。可能是長時間工作後回到家，看見男友並沒有做好他答應過的任務，或者是他在不知情的狀況下，理所當然地要求我幫他做事的那個瞬間，情緒就容易爆發了。

但這時候焦躁的真正原因，其實是來自自己的疲勞，後來發生的一切都只是導火線。若將這條導火線放在別的時間點和情境，我很可能一點氣憤的感覺都沒有，甚至很樂意去為他付出。所以許多時候是我的筋疲力竭，將我推到情緒的懸崖邊緣。

但是要提腳跳下去，也是需要力氣的。

所以當我要生氣時，都會問問自己：「我都已經這麼累了，發脾氣幹嘛？」

「當我發脾氣，是因為我沒有選擇善待自己。」

愛發脾氣的人通常都會辯解：「我為對方做了這麼多，但他都沒有看見，所以我才發脾氣的！」是的，我也有過這種想法，但有一次被家人駁斥：「沒有人叫你這麼辛苦，為什麼你自己選擇耗盡所有力氣，卻要怪人？」

後來我便明白了，**我有脾氣，是因為我沒有選擇先善待自己。**

我氣我沒有照顧好自己，總是讓自己這麼累。無論是自願還是半自願也好，一切都是我下的選擇。我選擇屈就自己去為別人做一些我並不享受的家務，我選擇將這些委屈收起來不對戀人說。我沒有選擇的，是勇敢對他說：「不，我現在做不了。」我沒有選擇的，是在覺得辛苦時向愛人發出求救訊號，我更沒有選擇讓自己多舒服一點，多休息一點，吃好一點也穿好一點。

當一個人在物質和精神上都感到富足，他是很難被人刺激到的。他甚至不會介意別人有沒有生氣，不容易被人影響。

所以想要生氣時，我都會先停下來，想想自己明天要去買些什麼獎勵自己，不買的話起碼也要吃一頓好的。下一次瀕臨失控時，你也可以停一停，試著對自己說：「把這些力氣省下來吧，我要想想如何優待自己。」

我不是不發脾氣，如果發洩以後會感到爽快，我肯定會毫不猶豫地爆發。而的確，很多時候罵完一頓，自己是到達滿足的頂點了，但那個從頂點迅速滑落的過程會讓人更失落和難受。

為了不想承受那段漫長的墜落，不想面對後續那些尷尬又悔恨的時光，我寧願不去享受那高峰的快感。我願花一些日常的努力，每天梳理自己的情緒，積極表達，維持內心那條平坦或微伏的水平線。親愛的，你不生氣，不只是不願意對他人殘忍，更有力的原因是——你不應該對自己這麼殘忍。

這一課的愛人筆記：

「我有脾氣，是因為我沒有選擇先善待自己。」

第72課——你的要求，向對的人提了嗎？

你有試過這種情況嗎？你對戀人提出一些要求以後，他明顯感到不滿並抗拒，不願意依照我們說的話去做。這時候你便會悲觀地想對方不愛自己了，他對我的愛消失了。

但是有沒有想過，很多時候要求遭到拒絕，都是**因為你向戀人提出了另一種關係的需求？**

你面向戀人，卻提出對父母的要求。你想戀人照顧你所有的支出和三餐起居，戀人就會感到巨大壓力。

你面向戀人，卻提出對下屬的要求，你命令他要絕對服從不可反駁，戀人便覺得你無理取鬧。

你面向戀人，卻提出對孩子的要求，你希望他只依賴你一個人，控制他生活與喜好，戀人幾乎就要窒息。

很可惜的是，愛無法賜予人一種全能的魔法，我們只有在戀人能力範圍內向他索取，對方才能回應。

「我愛你，並不代表我能肩負你生命中所有關係的責任。我無法成為你的父母親、兄弟姊妹、你的下屬或子女，我只能站在戀人的角色，如果好運的話再以夫婦的角度，去守護你，支持你。」

親愛的，愛人固然是最靠近你的人，但這份親密依然存在無法觸及的禁區。你若在對方身上加諸更多的角色，「戀人」便只會淪落成排在最後、被消磨得幾近透明的身分，當他察覺是一個替代品，便定會生出遠離的心。

這一課的愛人筆記：

「我們不應該向戀人提出其他身分的需求。」

第73課——提高分享欲的方法

Q：「我是一個在愛情中沒有太大分享欲的人，戀人好像對此不太滿意，我應該怎樣改善自己的分享欲呢？」

許多人都說分享欲是愛情中的重要指標，當兩個人之間沒有分享欲了，愛就燃燒殆盡了。

我是大致認同的，但是分享欲這回事與一個人的個性相關。一個獨立的人，可能天生的分享欲就比較低，亦不怎麼要求戀人時刻分享，相反一個寂寞的人，他自然需要戀人擁有很高的分享欲。分享欲沒有一個客觀指標，分享多少才足夠，需要視乎你和戀人之間交流的模式。

所以，分享欲是重要的，但「次數」並不是唯一重要的標準——分享裡面，還能分成「分享的次數」和「分享的質量」，而每個人看重的比重都會有不同。譬如一個忙於工作而無法時刻盯著手機的人，他想得到的，自然是較高質量的分享，過多次數的分享反而會對他造成壓力，降低他表達的欲望；而對於剛開始異地戀的戀人們來說，次數就可能比質量更重要，彼此生活上的大小事都值得傳遞，能夠讓彼此參與對方的生活。換句話說，找到屬於你和戀人之間「次數：質量」的比例，會讓你們更樂於表達。

如果恰好你的分享欲很低，而你被戀人要求多點分享，該怎樣提高分享欲呢？首先，我想我們都認同一點：分享是無法強迫的。被迫的分享會嚴重減低分享的質量。你只會敷衍對方，或者像例行公事一樣，早午晚餐各拍一張照傳給對方看。中間缺乏發自內心的對話，只有形式化的報備。可見你的內心並不享受這件事的話，分享的內容和質量會明顯反映出你的真實感受。

我很愛的一本暢銷書《原子習慣》，裡面講述了許多養成習慣的做法。在實踐書中方法的過程裡面，我發現分享欲其實也是一種習慣。但不同的是，習慣是一個人的規律，但習慣分享是需要兩個人的參與的。在練習分享的過程中，你可以注意以下的重點：

「改變過程中痛苦的部分：觸發分享的聯動開關」

《原子習慣》裡提到養成習慣的一個關鍵，是要進行「行動與行動之間的聯想」——當你做了A，你就接著做B，嘗試自然地養成身體的自然反應。

而在培養「分享欲」這種習慣時，我不太建議將這種聯想直接放進生活的每個項目裡，避免淪為公式化的分享，就像「當你吃飯，你就拍照」一樣，這種分享一旦脫離內心的表達，流於生活上的碎片，往往缺乏彼此情感上的聯繫，就很容易被對方忽略。

我認為分享時，觸發聯想的應該是「心情＋行動」：「當你快樂，你就拍下那個引起快樂的東西或環境。」或者是：「當你不快樂，你就用兩句話去總結，告訴戀人。」我們對於一件事物可能引起的聯想未必足夠豐盛，但關於自己心情的抒發，自然是比較流暢的。

有時候，你也可以為「情況＋行動」做聯想：「當你知道自己接下來很忙碌，或者是身處的情況有變，就跟你的戀人說一聲。」這種聯想是為了提高戀人的生活參與度和安全感，亦是最常見的行為反應。例如當手機快沒電了或者信號不好，你能讓戀人及時知道。

「減少分享的阻力」

有時候人會怠於表達，是因為分享的過程有太多障礙，這些障礙同時會將自己放棄分享的念頭合理化。於是「將分享的阻力最小化」便是養成高分享欲的秘訣——現實中有很多種執行方法，例如在聊天軟件裡面，我會將與戀人的聊天對話框設置成置頂，也會將快速開啟這個對話框的捷徑放到手機的桌面上。近年流行的各種社交平台小功能亦能幫助我們輕易分享自己的生活，例如錄製自己的小短片傳給對方、將戀人的照片塗鴉然後惹他發笑，或者是一鍵分享社會熱話與搞笑的貼圖等等……都是一些快速又毫不廢力地與戀人分享的方法。

「注意分享的時限」

值得注意的是，分享講究時限。就像人們說看見流星三秒以內便要許願一樣，我們要抓緊當湧上來的情緒，一有想分享的衝動便要行動。否則當那份情緒平復，你會覺得沒有分享的必要。對於過了熱戀期的戀人來說，事情發生的時間過得愈久，分享的阻力一般就愈大。同時，當我們分享心聲時，最好先一氣呵成說出，不要先喊一喊對方的名字：「〇〇〇，在嗎？」然後等到別人的回覆後才慢慢表達。這樣做除了會中斷分享的意欲，還會各自對雙方造成等待及回應的壓力。

「不用過分在意回應，在意你們之間的情感交流」

這大概是分享欲這個課題裡面最重要的一點：我們不要過分在意分享以後的回應。很多人覺得分享的目的是為了得到回應，但是對於一些天生表達能力不高的人來說，他們的表達有時會讓你誤解對方的熱情，以為他們對於你的分享冷淡沒興趣，然而事實是他根本不知道要怎樣回應。回應少並不等於你的分享是劣質的。只不過是因為現代社會將回應的成本降得很低了，又有「已讀功能」的加持，我們才對回應抱有那麼高的期待。

分享欲散發出來的幸福感，其實就像舊年代寄出信件一樣，我們應該把重點放在「送出」的那一刻——那時的人就算不能立即收到回音，即使有些人永遠音信全無，他們還是會堅持寄出自己的思念。

而對於一些特別的分享，如果真的需要對方的具體回應，那就確切地說出來吧，讓對方知道你這次分享他是需要給出反饋的。例如當我們分享有關悲傷情緒的事件時，自然會想得到戀人的安撫，那就加上一句：「你能說一些話鼓勵我嗎，你的安慰對我來說很重要。」假如你是一個平常不強求對方回應的戀人，今次卻特別需要他的回覆，對方理應會滿足你的。

「沒有事情可以分享？那就先做有趣的自己」

分享欲低的人很常見的一個想法是：這沒什麼好說的。自己都不覺得新鮮的事，實在很難由衷地分享。是的，分享這回事是需要成本的，它會消耗你的精神，亦講究你對生活的觸感，否則即使你掏盡自己的生活也無法分享。

所以你先要是一個有趣的靈魂，做自己想做的事情，生活裡才會不斷湧現值得分享的題材——做一個內涵豐富的人吧，增加自己的「素材庫」，裡面存儲的除了知識，還可以是一切能吸引你去探索的愛好，例如運動，手工，書籍，偶像或動漫……你的內涵也會提高戀人對你分享的欲望，因為對方知道你能有共鳴。但是也沒有必要一定要在同一個頻道才可以交流，在自己不了解的領域上接收戀人真心的分享，也是擴闊眼界的一種樂趣。

最後要注意的是，表達其實並不是辨別感情的唯一標準，尊重才是。給予戀人充分的尊重，你就會接受對方以他感到舒適的模式與你分享，自己也會嘗試配合。即使努力過後表達的部分仍有欠缺，彼此亦能夠體諒。親愛的，一個人想與你分享生活並不代表他的日常一定有多精采，而是因為有你在，在向你訴說的過程中，他才會感到生活被一筆一劃地填滿了色彩。

解答篇

各種戀人，各種問題

第74課——不講道理的戀人

Q：「女友是個常犯錯又不講道理的人，每當我用道理來跟她溝通，她都會更生氣。到底她想要怎樣？」

如果我能代替你女友發聲，我會說，我想要的東西其實很簡單：

「我想要你的偏愛。想要你不問情由的包庇。」

請不要對我講道理，也別跟我說公平。

愛人，是在世間所有的公平裡找一個不公平地去愛的對象。

被愛，就是想被包庇。

我希望你願意為我做一些不會為別人做的事，給我專屬的時間與空間，予我獨占的身體和心靈。有些人的愛是理性的，是必須臣服於道理的，但我不需要這些道理，誰都可以做跟我說道理的人，但不是誰都有給我溫柔的權利。

所以親愛的，我不要你做第一個說我錯的人。我更希望你是第一個來對我說，下一次我會陪你一起做對的人。

在這個充滿指摘的世界裡，我希望是你接著我不時的墜落。當我失敗時，會用手捂住我的耳朵，杜絕一切外界的罵聲。如果無法說出安慰的話，那就請將我抱緊，給我溫柔的沉默。我知道我還是要去面對這一切混亂的後果的，但在被現實輾過之前，我希望你能陪我待在一起，而不是選擇站在對岸向我叫囂。

我不希望你的愛像是一本厚重莊嚴的法律，這樣我只能以身犯險來窺探你的真理。我希望你的愛，是一首首自由寬容的新詩，溫柔地斂藏我的名字。

親愛的，被偏愛不代表我有恃無恐，相反我恐懼一切。不過是在整個世界的道理面前，如果有人能讓你甘願破例，我由衷希望，那會是這個被你偏愛著的自己。

這一課的愛人筆記：

「愛人，是在世間所有的公平裡找一個不公平地去愛的對象。
被愛，就是想被包庇。」

第75課 兩個受傷的戀人

Q：「他們說忘記一個人最好的方法是開始下一段戀愛。我和我的曖昧對象都是被前任傷害得很深的人，我們應該開始嗎？」

可能你會希望得到鼓勵，但是親愛的，我並不建議兩個受傷的人立刻在一起。

當有一個人受過傷害並願意走出傷口，這個他是適合愛的。他的內心足夠開放，這顆心承載著過去的疤痕與教訓，能夠迴避未來類似的陷阱，亦更安全。**他能將痛苦的經歷變成脫離痛苦的經驗，因此也擁有了愛人的能力。**

能把經歷變成經驗的人，即使受過傷，亦會懂得如何去愛。

但未能從經歷中走出來的人，只會在傷害中徘徊，當人無法從痛楚中汲取愛的教訓，經歷就永遠只是經歷，無法昇華成人生的經驗。他會再次投入愛情的原因也大多是想擺脫對孤獨的恐懼，目的是渴望對方不遺餘力地付出去為自己包紮傷口。這樣的他很可憐，但確實沒有愛人的餘力。

你們有很大機率不是在互相包紮，而是在互相懷念上一段感情。

內心疲乏的人如果馬上綑綁在一起，實在很難得到滿足。你們都不免期待在對方身上獲得一些自己沒有的東西——自信心、包容力、主動性、信念感……這些愛情中重要的零件，誰來提供給對方呢？沒有人。

你們重新戀愛的目的是想遠離上一段戀愛，但這段消極的愛情反而會驅使彼此不斷想起上一段戀愛中那個投入又快樂的自己。明明不想比較，卻處處都是對比。明明想要忘記，卻反而銘記。

所以親愛的，兩個受傷的人給出的愛情不是0.5+0.5=1；而是0.5×0.5=0.25。愛情，不會是負負得正。

你以為兩顆不完整的心合體以後就可以靠近幸福，事實上只是再被對方消耗更多，在一起後，快樂將更遙不可及。

親密關係中如果只有一個人是傷者，而另一方是健康的，那麼這段愛情還是有挽救的餘地的。然而當彼此都沒有包紮的能力，那就根本不可能治癒自己。他手上就算得到愛的繃帶，也無法為你包紮，最後只能再度勒死這段關係。

這一課的愛人筆記：

「愛情，不會是負負得正。」

第76課——成績不好的戀人

Q：「家人反對我跟不愛學習的男友交往。他們說未來我會後悔的，真的會這樣嗎？」

學業不好完全不是問題，世界上成績不好的人多得是。但學習的目的，是讓我們往後餘生有更多選擇的機會和權利，而不是在窮途末路時等待被人選擇。所以重點是他有沒有在別的方面持續努力，去確保他自己、甚至是你們的未來都享有選擇權。擁有學習生活技能的心，與學業成績不好並不衝突。

成年人的幸福感，是來自我們在情感和現實上都享有選擇的餘裕。我在順境時無須擔心這份快樂會突然結束，而我在情緒低落時，有能力不去為物質煩惱，甚至可以選擇以物質或非物質的享受來轉換心情，這才是現實生活的幸福感。不再只看重那些瞬息之間的驚喜，或者是耗盡全力的浪漫。

親愛的，愛上一個人很容易，愛下去才是最不容易的地方。

此刻的你還年輕，不如給予彼此一段時間去努力吧。你要在乎的，其實不是他的成績，而是對方有沒有學習其他技能與事物的行動力。他的成績如果低分，那麼在積極性、溝通能力和情商上就必須高分，未來在社會上才有更多選擇的可能。在交往的這段時間內，你應該可以看出對方有沒有為你改變的決心。

最後想提醒你，如果他只說不做，只有諾言而不實踐，那麼便是單純的逃避了。「愛下去」的能力不能只靠意志。他人的意志是我們不可控的東西，可靠的永遠是一個人實際的行動。

一個真正值得去愛的人，他的改變不在明天，就在今天。

這一課的愛人筆記：

「成年人的幸福感，來自我們在情感和現實上都享有選擇的餘裕。」

第77課——異地戀的戀人

Q：「我與一個曖昧對象互相喜歡，可是他即將要到國外讀書了，我們都不知道雙方未來會不會在同一個地方，我應該談這場戀愛嗎？」

我覺得答案沒那麼複雜：一個喜歡你但依然奮力追求自己未來的人，理應有成熟的思維以及能力給你幸福。所以這一刻如果你們是真心相愛的話，就談吧。不管你和他明天是不是就要踏上飛機離開這片土地，不管你是十六還是三十六歲，也不管你的人生藍圖是豐盛的還是一片空白。

世上所有的花朵一開始都不是花朵的形狀，每個人都無法確定眼前這朵花能不能開花結果。但愛情不只是「結果」的過程，它是包括種子、發芽、含苞、開花、結果等一系列的過程。換句話來說，相遇、相識、產生好感，曖昧，互相喜歡，生活共處，結婚……每一步都是愛情。所以你已經開始了這場愛情了。

你們青春正盛，不用太過擔心兩個人能不能「結果」，會不會在同一個城市相處。因為正如你所說，你自己也未開始計劃自己的人生。未開始的人在想如何結局，實屬過分擔憂了。

村上春樹的《1Q84》裡面有一句話被我視作座右銘：「這個世界上根本就沒有正確的選擇，我們要做的不過是努力奮鬥，讓當初的選擇都變得正確。」你也沒辦法做出最幸福的決定，只能和你愛的人共同努力，將此刻的決定變成幸福。

如果他未存在於你的人生計畫裡，但就努力嘗試將對方放進計畫裡面吧。具體努力的方法有很多，你們即將面對異地戀，首先要確保分隔兩地都能實現心靈上的親密。物理距離放在今天其實沒有想像中那麼恐怖，你們可以透過視訊通話見證著對方的生活，可以打工攢錢，長假期時回來相聚，或是到未曾去過的地方旅遊。平常在生活中設置一些共同的小紀念日，能讓現實生活上不在場的雙方都感覺到被重視。儀式感尤其重要，可以創造出戀愛中特別珍貴的回憶，讓彼此留戀。

我的經驗是，人會猜疑，並非因為物理距離產生出裂縫，而是因為內心距離拉遠，所以生出隔閡。這種距離無論是朝夕相對的人還是分隔異地的人，都有可能出現的。畢竟有些人明明近在咫尺，卻無法擁有；有些人未曾相見，卻常存在心。

我知道異地戀的過程必定會感到苦澀，因為我也是這樣走過來的。但我感謝有那段半甜半苦的時光，讓後來的我們明白，能在同一個空間互相喜歡互相討厭，其實都是當初求之不得的事情。分離不是人生中最可怕的事，每對情侶的結局一定是分離，分別只是生離或者死別。我相信，只想待在一起的是喜歡，即使分開仍在成長的，才是真愛。

真正愛你的人就如兩顆擦肩而過的流星，無論中間分隔多少光年，就算相聚的時光僅僅一剎，你也不曾後悔在沒有盡頭的宇宙中，與他拾獲一個初見。

有些人的愛，是因為知道結果才願意去愛的，但有些人的愛，卻是因為未能知道結果，所以願意更努力去愛。我祝福你們是後者的愛。

這一課的愛人筆記：

「只想待在一起的是喜歡，即使分開卻仍在成長的，才是真愛。」

第78課 不會表達的戀人

Q：「男友是個話很少的人，他很木訥很沉悶，有時會想他對我說些好聽的情話，可是他總會含糊過去。你覺得他是懶得說，還是沒有愛，根本說不出口？」

親愛的，我總覺得戀愛中的大忌之一，是不能整天捏著對方的說話來做閱讀理解，然後每次都嚴格檢查每字每句中的心意。有些語氣只是鋪墊，有些說話只是複製黏貼，有些句子則是單純的口直心快，但不是每個人都擁有這份觸覺及能力，在文字和語言上去鞏固愛情。

沉默寡言的人不代表他們不愛，勇於表達的人，也不一定愛得比較真誠。

而有時你認為理應如此的表達，在他的眼內，可能是匪夷所思的事情。

愛情裡沒有真正的對錯，但每個人都有自己的價值觀。找一個和自己價值觀裡是非對錯都匹配的人，在交流時會比較吻合雙方的語境習慣，自然感覺舒坦，減少不安與誤會。

因此過分執著對方的一字一句，其實都代表不了什麼，只會累了自己。

兩個人會說很多情話，並不代表你們關係一定會好，相反能說很多及時回應的廢話，才是真正的生活融洽；同理，鮮花和香檳的慶祝亦不一定充滿了心意，可能只是用金錢掩飾的倦怠。

一個人怎樣對你、有沒有真心對你，時間和行動都能表現出來：多年以來他的行為，有沒有讓你們靠近當初的承諾，他粗魯的語氣，又是否有被他每日每夜的細心所取代——你最應該感受的不是隻字片語，而是生活上的反饋。戀愛中最應該仔細查看的部分，其實都不在你著眼的地方。

第79課——病榻上的戀人

Q：「患重病的戀人被告知剩下一年的時間，如果你是我，你會怎樣面對他，如何陪他度過這段日子？」

致親愛的「你」：

我想陪你去看海，陪你看花田，陪你去做一件你想做但未曾做過的事。如果你說沒有，那就請陪我做一件我想做，但以後都不會再做的事情吧。

這樣我們都能獨占彼此生命中，許多許多的唯一。

我會幫你拍好多好多照片，拍許多合照，你若不肯拍，說自己這個樣子並不好看，我就會拉開你捂著臉的手，指著照片中的我們輕輕地說：

「這樣我就會有好多個你來陪我啦。陪我到老得頭髮都掉光了的那一天，我會想起我和你都有同一個模樣，我就不會感到孤單。」

我要用照片的光影記住我們年少的臉，用我們的生命去證明愛沒有終篇。到有一天我終於老去，我會發現我愛的你，依然永遠年輕。

你知道嗎？一位物理學家曾經說過，生命的本質就是時間。為什麼明知道會別離，人類還要選擇在有限的時間裡相愛，願意被愛傷害，被愛分開？是因為唯有愛能穿越時間。只要我的靈魂依然被世上某個人惦記，我的愛便依然活著。

你仍然活著的啊。在我的心裡。我向你保證。

我最愛的詩人博爾赫斯寫過：「死亡是活過的生命，生活是在路上的死亡。」

所以你看，我們最終的目的地原來都是一樣的。

被愛過的人，他的生命不是終結了，只是被暫停了。

停在我們看過那朵花開的那天，停在雨聲未停的夏天，停在情不知深淺的初見。

不管物理的時光還有多長，這刻的我們永遠是往後最青春的模樣。我們共享生命中最相愛和靠近的一個剎那。愛讓囚禁在肉體的靈魂得到自由，當真的有那麼一天，你就盡情擺脫這荒唐至極的人間，不顧一切地休息吧，然後你要在時間的盡頭，等待我喔。

謝謝你讓我覺得萬物逝去不是一件壞事。

每老去一天天，我又靠近你多一點點。每一個沒有你的夜晚，我將會吻過你呼吸過的夜風。在夜裡，我們共享年少時未作完的那一個夢。

謝謝你用一生來讓我明白什麼是愛，接下來，我將用餘生來與你重逢。

親愛的，離開前能與我親吻嗎？如果我們無法用這個吻來暫停別離，那就讓我們用一個吻別來開始倒數，我們下一次的再見。

第80課　貧窮的戀人

Q：「有一個很現實的問題：我的戀人很窮，畢業後工作的薪水也比我低很多，和他在一起我們的生活肯定會面對很多困難，但我是真的喜歡他。面對真心和經濟能力，應該如何取捨？」

這視乎現在的你較重視哪一種幸福——是情感幸福還是物質幸福。我個人認為在愛情裡，情感幸福應該是先決條件。是因為對他有愛，你才會跟他一起努力解決生活上面對的物質問題。相反，當欠缺了愛，一個千萬富翁雖然可以滿足你物質上的幸福，卻無法給你情感上的幸福。

但是，**愛情就像兩個人的地基，你得找到一塊充滿愛的穩固地基，才可在上面建立屬於你們的建築物。**而經濟能力，便決定了你們在上面可以建立多高多大的樓房。所以我不會很清高地說，物質和經濟在愛情裡毫不重要，你們沒可能餐風飲露般在空無一物的地基上過活，人要先得到溫飽和安身之所，滿足了身體上的幸福，才有能力去追求精神上的幸福。良好的經濟能力會使你們的愛情得到更大的空間，在樓層上面看到的風景亦更廣闊。換句話說，在愛的基礎上，物質幸福有可能加深情感幸福的深度和質量。

如果是經濟能力實在太過懸殊，而讓你猶豫要不要放棄這段愛情，或許可以考慮以下兩點：

「時間點：我們正在人生中哪個階段？」

一個人的經濟條件是會隨時間改變的。經濟能力的重要性，視乎你們正位於哪個時間點和年齡段。如果是學生，那自然不用擔心太多，只要有心，你們有大量的時間和未來可以增值自己的能力，而彼此的愛情也會為你們帶來奮鬥的目標。

假如是開始在社會工作的情侶，也是值得花時間等待彼此變好的，畢竟一個人的進步需要用時間變現。只是在過程途中你要克制與人比較的衝動，以及許多物質生活的誘惑，不要過度消費，要為雙方都訂立一個儲蓄目標，這樣亦會加深你們打拚的動力。

若是站在結婚關口的情侶，則必須要明白未來的婚姻生活會消磨彼此的情感，物質幸福的考慮占比的確需要調高。因為試錯成本太大，如果明知道生活拮据卻仍然強行結成家庭，就要做好面對爭吵、委屈以及自尊心崩塌的心理準備。我要殘忍地說一句，再多的愛，都會被生活中的喧鬧消耗歸零。

「工作能力：我和你，都有在經濟上互相支持的『能力』嗎？」

不只是對方的能力，還要考慮自己的工作能力，生活是兩個人過的，不要只依賴對方。你比誰都清楚自己和愛人的個性與能力，理應知道彼此是不是一個有上進心的人。如果你們具備上進心但未有機會，那當然值得潛伏等待。如果有上進心但沒有能力，那麼可能要改變能力的方向，學習別的技能。最壞的情況是沒有上進心也沒有能力，自然就會浪費機遇。這種情況雙方都沒有等待的意義了，這種愛情能帶給你們的情感幸福是有限的，終有一天會被物質上的貧困消磨得一乾二淨。

親愛的，金錢不能買來愛情，但愛情裡許多的考驗都逃不過金錢。貧窮的愛不一定意味著絕望，而貧窮但積極改變的愛也有它的幸福。**真正的貧困其實是你想要更多，卻沒有改變的能力，這種匱乏會讓你在愛情中失去選擇。**而積極上進的愛，則會永遠確保你擁有選擇的希望與權力，這才是愛人時真正的富有。

這一課的愛人筆記：

「愛不只共享誓詞與諾言，亦會共享柴米和油鹽。

而最好的愛情，會讓你有動力追求這一切。」

第81課——忽冷忽熱的戀人

Q：「我的戀人明明很脆弱，但每當我想要對他好，他反而會遠離並對我忽冷忽熱。他到底在想什麼呢？他愛我嗎？」

「請原諒我。」「天啊我無力愛你。」「為什麼你看不見我的悲傷？」「我竟然會這樣揣測你，我真差勁。」「今天我要好好的對你。」「你別過分期待我。」「你說的話好煩我不想聽。」「你在哪，我好需要你。」「我值得你對我這樣好嗎？」——親愛的，他想的東西很多，也的確愛你，只是他無法掌握自己的愛意與情緒之間的平衡點。為了避免失衡與受傷，他選擇要迴避你給的愛。

你的戀人，很可能是一個迴避型戀人。當你向他釋出的愛情不符合他理想中的付出以及當下的情緒條件時，他便會迅速逃離。相反，在他確切需要你的愛時，如果你能及時給出他想要的回應，他便會比誰都珍惜你，感謝你，深愛你。

以下的幾個重點，是愛他們最大的要訣。

【及時】

迴避型人格對愛的渴望是隱性的，不愛直接開口說出自己的情緒，卻期待另一半能看見自己內心的想法，他對愛的態度是「等待」而不是「爭取」。他視所有需要爭取的情感為一種虛假的愛，他的自尊不容許自己向他人示好或索愛，即便那是自己的愛人。所以你需要頻密地察覺對方情緒需要，包容他的冷漠，當你的陪伴吻合了他內心不時的空洞，他便會感到龐大的滿足感與快樂。他們需要的，是長久而瑣碎的關愛——不只是言語上的說愛，還包括行動上的表達。

【冷靜】

你需要比迴避型戀人更冷靜。注意在平常的生活中，迴避型戀人可以十分獨立，能敏銳地察知對方的難處而不要求陪伴，他們看似什麼都不強求，喜歡一個人獨處，不會過分控制伴侶。但事實上，當他不要求你的陪伴或將你推開時，很可能就是需要你表示支持的時候。

這個時間點看似矛盾，因為迴避型戀人的特點，是一旦陷入低潮就會封閉自己，對方會拒絕與你的溝通，無視你澎湃的情緒需求。這種時候你必須要冷靜，不要走開，並要明確告訴對方你會等待他回來。同時你要控制自己的怒氣，一旦開口批評，對他來說所有有過的愛都不存在了。他們的記憶力很強，熱愛蒐集所有「你不愛他」的證據，是因為他對傷害十分敏感亦難以自癒。亦可以說，情緒迴避型戀人熱愛情緒穩定的人，這份冷靜的支撐會給予他們愛人的信心。

【適量】

有人說迴避型戀人的特徵是：「一旦察覺你愛上他，他就不愛你了。」這種情況會發生，背後原因是**他們恐懼自己沒有能力回報對方的期待**。當你的關愛不合他意並且越過了某個臨界點，他便會覺得你來向他索取的，是來控制他的，於是會立即退縮。他們最大的矛盾是：**我渴望你對我付出，卻不希望你付出太多**。「剛剛好的愛」對他們來說就是關鍵點。

你可以想像戀人是一隻受過傷害的流浪貓，在飼養的過程中，他不時會有過激反應，因此對待他們，最好是備好必須的食糧和溫暖的貓窩，不強迫，不讓他負載太多，在愛的前提下，讓他選擇自己的生活方式。當你表達出等待和包容他們的意圖後，再給予一定距離，對他們來說反而是清除不安的好機會。清醒過後，他們自然會向你釋出愛意。

【堅定】

自己的愛得不到回應，想關心時卻被對方拒絕靠近，愛一個迴避型的人很多時候會讓你感到沮喪。所以你必須要有一個明確而堅定的目標，提醒自己你愛對方的目的是什麼——是讓雙方在追求幸福的過程中都感到舒服。

「舒服」意味著你要接受「愛情」在你們之間不會只有一種相處形態，有時候讓對方遠離你，可能正正是他感到舒服的戀愛方式，你就不必放大這種遠離，不要覺得對方不愛自己。同樣地，如果他們的迴避讓你不舒服，你也有權利表達，只是表達過後要向他們堅定地表示：你願意給他自由，但是你永遠不會離開。你要收起自己凌亂的內心，讓對方看見你的強大，吸引他們依靠。

親愛的，愛一個迴避型戀人注定是偉大的，同時注定是疲憊的。你有沒有愛他的能力，取決於你自身的強大，以及能否在不斷付出的過程中感到快樂。你就像一個不移的船錨，要用自身的沉著穩定住一艘漂流於汪洋的巨船，感受它若即若離的拉扯，讓它漸漸在你平穩的愛流中停擺；錨需要船帶它乘風破浪，船也需要錨停泊安全的灣港，它們互相成全彼此的願望和意義。

到最後你們都會明白：

「我能給你最大的愛與溫柔，便是給你遠離我的自由。」

第82課 恐怖情人

Q：「我的好朋友原是個很漂亮溫柔的女生，但她的男友不但不珍惜她，還會奚落和情緒勒索她，我們一直勸她離開他，但都不成功。為什麼一個人會不願離開那些帶給她痛苦的人呢？」

你好友的情況，讓我突然想起俄國作家杜斯妥也夫斯基的一句話，據說是他在集中營服刑時寫下的——「我只擔心一件事，我怕我配不上自己所受的苦難。」

是的，當人長期活在黑暗的痛苦之中，便會為這些痛苦賦予一些意義，並會為完成這些痛苦而感到滿足。很多人明明知道自己的愛人並不好，但是他們仍然覺得這份痛苦的守護是有價值的，並深信這個世上只有我能給這個人幸福。

這種「被需要感」會加深痛苦的意義，卻又減輕痛苦的重量。

這些便是恐怖情人會給我們的錯覺。是他們施下的「情感控制」。親愛的，正在用情感控制你的人，通常會有這樣的特徵：

「我要順從你的懦弱，鼓勵你去逃避。」

他會說出與眾不同的言論，在茫茫人海中吸引你的注意力，讓你覺得他比任何人都不同，是真正關心並能看穿你靈魂的獨特存在，例如：「人人都說你很優秀，但我覺得你內心是很脆弱的，其實你可以不那麼堅強和努力也沒關係。」你與他在一起，初時定會感到舒壓，對生活有新的希望，那是因為你聽從他的意見放棄了生活中那些挑戰與任務。但是時間一久，這些怠惰造成的影響便對你反噬，你就不免感到更大的失落和自我質疑，而他會一直在身邊「開解」你，令你無法離開他給的溫柔。

「我要離間你的人際關係，將自己置於你的中心。」

他善於攻擊你和家人朋友之間矛盾，挑撥離間。如果你有兄弟姊妹，他可能會說你的家人都偏心其他成員，你總是被忽視的那位。他占用你與朋友間相處的時間，以愛的名義迫使你減少和摯友聚會。你的世界漸漸以他為主軸，只剩下他一個人，你無法聽取其他人的意見，也就難以醒覺這份戀愛的病態。他將你推離人群，讓你成為一座孤島，他則是隔絕你和人煙之間的滄海，是四面包圍你的世界。

「我要貶低你的價值，自稱自己是唯一看到你價值的人。」

當你在生活上失去自立的能力，人際關係又被孤立以後，他就會對你展開傷害。他會從外貌、個性、工作各方面入手，將你說得一文不值。「你變醜了變懶了工資不及別人」之類的評價不斷出現，但是伴隨的語氣不一定是殘酷的，甚至可能是溫柔的，目的就是為了讓你聽進去，使你相信，這是最愛你的他都不得不認同的事實。每一句中傷之後，都會跟著一句甜言蜜語和肯定，甚至會說你和他的缺點這麼相似，只有彼此才可互相拯救。當你從他身上得到安慰，便會忘記這份傷害是他給的，同時又會誤以為，自己的價值與他綑綁在一起，只有你們才願意接受彼此。

恐怖情人其實是特別自卑，情緒容易暴躁的。當遇上比他好的愛人，他無法接受這份優秀，就會想破壞眼前這個美好的人，想將對方變成跟自己一樣甚至更差的渣滓，透過踐踏他愛慕的對象來獲得快感和優越感。他以愛為名美化這些暴行，目的是讓受害者覺得這是他應該承受的愛——「愛不就是會受傷嗎？每種愛都有缺點。」受害者不願動輒離開恐怖情人，他已將這些痛苦視為救贖，快樂已經全與對方掛勾了，再離開他，恐怕連最後一點的快樂都找不到了。

這種愛看似互相需要，實際上卻是極其扭曲的關係。

親愛的，我希望你的朋友不是你，但如果你或身邊的人正經歷這一切，希望你們都能及早醒覺。是的，愛無可避免會有傷害，但那些傷害是平等且有意義的，它會讓彼此進化成更好的人，而不是強行收走你的自尊和光芒，讓你只從他手中分到一點點光的施捨，世上不存在這樣羞辱戀人的愛。

這一課的愛人筆記：

「不願離開傷害你的人，是因為他已讓你對痛苦上癮。」

第83課　建議遠離的八類戀人

Q：「我跟我戀人的感情不濃也不淡，他有讓我很討厭的缺點，但大部分時候自己是可以忍耐的。你覺得戀人身上有什麼性格或行為，是絕不能接受的？」

我們都知道，這個世界上沒有完美的戀人，至少那些近乎完美的人都已經屬於他人了。「不好也不壞」，「時好又時壞」，這才是我們面對戀人時最真實又無奈的感受：明明幾度想分開，卻不肯定對方是否真的壞到這個地步。

但是，有那麼一些戀人的行為如果持續下去，肯定是無法給你幸福的。如果交往一段時間後仍沒有好轉，我建議你還是要下定決心遠離。靠近他們，基本上都是在消耗自己的愛。

（一）控制欲極高的人——於戀愛初期就定下各種規則、限制你穿衣和交往自由的這種戀人，需要透過對你的控制來得到安全感。假如你初時將這種支配欲誤認為愛，以後便更容易被對方以愛為名義所脅持。這不是他給你的愛，只是控制你的快感。

（二）容易妒忌的人——妒忌這種情感除了反映戀人對你的占有欲，其實也是一種不信任。頻頻妒忌的人，無法相信你有自制的能力，你亦會因為顧慮對方而過度封閉自己的社交圈。你的世界逐漸會只剩下他一個人，活成一個只有他的孤島。

（三）暴躁又情緒失控的人——一個無法控制自己情緒的戀人，你只能一直忙於撫平他的戾氣，怕他與周圍的人發生衝突，怕他在崩潰時會傷害自己，甚至傷害你。他亦沒有能力接下你的悲傷，在一起時你將要時刻壓抑自己的負面情緒。你是照顧者也是調停者，永遠無法安心地與他生活。

（四）自大又自卑的人——有些人平常表現得氣勢凌人，但內心其實是一個極度自卑的人。他接受不了包括你在內的旁人比自己優秀，於是經常會情緒勒索戀人：「如果你愛我你就不應該這樣做。」以愛為名義束縛你，阻止你的發展。

（五）貶低你喜愛的事物的人——有一種戀人，他喜歡包攬你所有的幸福，至於你那些與他無關的個人喜好，他總是毫不留情地在你面對貶低它們。「沒有意義」，「浪費時間」，他並不在意你一個人時的快樂。或者應該說，他不關心你有沒有讓自己快樂的能力。

（六）嫌棄弱勢階層的人——一個看不起貧窮及弱勢人士的戀人，除了缺乏對別人的同理心，他的自尊心也一定過高。他很難與弱者的悲喜產生連結，包括對你的關心，都是建基於你的優點才給出的。但當你有一天你進入生活的低谷或者遇上困難，作為戀人的他未必會提供真心的幫助。你必須一直保持你頭上的光環，才能入得了他的眼。

（七）不懂拒絕的人——有些戀人總是不懂拒絕他人的邀約或請求，他願意花上大量的時間去與朋友應酬、為了義氣兩個字便不顧自己的能力赴湯蹈火。在交往初期你可能會覺得他很善良，然而時間一久，你便會發現這份善良的代價是降低你們的情感與生活的質量。他要對所有人負責，就很難有餘裕對你負責。

（八）貪婪的人——這類戀人視戀愛為一種成年人的交易。他交出身心，想要換取心靈上的陪伴和物質上的享受，甚至是供養。但他又總是覺得不夠，因為他喜歡與人比較，身邊永遠有比自己更幸福和光鮮亮麗的朋友，於是便要你去付出更多。你逐漸會發現自己只是一個工具人，卻因已經無法離開對方，只能默默滿足對方的要求，直到他找到更容易滿足自己的人，便會將你拋棄。

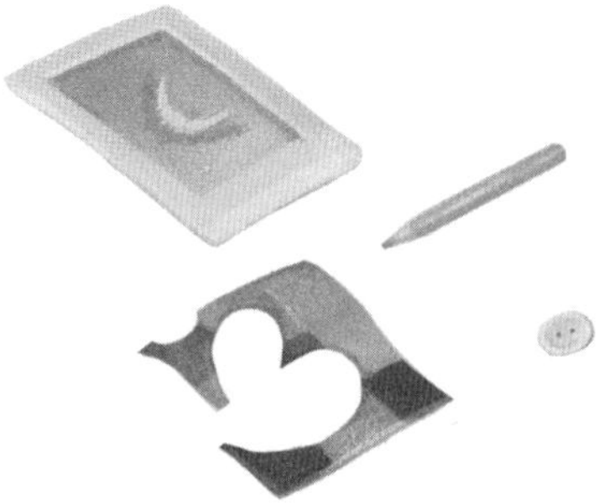

婚姻篇

結婚之前，我需要明白的事

第84課

我無法喜歡戀人的家人

臨近週末，與未婚的男友一起回他的家吃飯。席間你坐立不安，看著男友被他媽媽過分關愛的模樣，彷彿暗示著你平常對他的照顧都是不夠的。男友吃完飯便走向沙發攤坐著，剩下你不知所措地望著滿桌的狼藉。你吃下滿腹的孤獨，而他只感到滿足的團圓。彷彿無論多少愛，都無法讓你與他家人自在相處，你永遠是一個被束縛著的外人、是一個必須保持端莊的外客。

於是你問我：「如果無法自在又和諧地與戀人的家人相處，到底是不是一種過錯？」

親愛的，其實你喜不喜歡他的家人和朋友，根本不重要。

請先將愛情想像成一道光，你要清楚你投射的對象是何人——是你的戀人，而不是他身邊的人群。當給了足夠的尊重和禮儀，便無須妄自菲薄，或是太過在意長輩的說話。

兩個人的世界不可能只有兩個人，你與他之間必然會存在許多人與事：各自的家庭、朋友、同事、家族的歷史與禁忌……而當中必然會存在一些你討厭的人。你可能已經盡力嘗試接納他周圍的人，但不可能接納全部。因為你和戀人不是兩個完整重疊的圓圈，你們是在塵世間兩個偶爾碰到的圓形，會有交疊的、相愛的部分，亦自然會有怎樣也無法重疊、難以真心喜歡的身影。只是如果幸運地，兩個圓圈重疊的區域愈多，生活就自然會和諧順暢。

所以你不一定要和戀人一樣，向他們交出一樣的喜歡，你要做的，是向戀人重視的人給予尊重，容許戀人有喜歡他們的權利，自己不喜歡的人，也不要逼他一起討厭。**愛，讓我們有喜歡的勇氣，也有不說喜歡的自由。**

同樣地，戀人的家人或朋友也可能無法真心喜歡你。但請你明白，這並不意味他們一定是個壞人。每個人對所愛的人都存在一種占有慾，這種「愛」可以是親情的愛、友情的愛，而這些愛都會讓他們產生不同的價值觀與視角。比如友人的占有慾和愛，會讓他們在本質上只看重朋友的利益而無視你本身的感受。家人的愛更是帶著濃厚的濾鏡，會讓客觀的事實變得扭曲，身處其中的人並不覺得有什麼奇怪，後來加入的人卻會感到異常突兀。

愛情，會讓你願意嘗試去接納他身邊的一切，如果你愛他，你可以為了他的快樂而嘗試融入他的生活圈。而如果他愛你，他應該也會明白，最後就算你無法由衷喜歡他身邊的一切，也絕對不是任何人的錯。

如果我們的愛是一道光，那必然會有愛照耀不到的地方，愛你的人會自動奔往你照拂得到的地方，也會時刻提醒他身邊的人——要抬頭看看這些溫柔的光。

第85課——別想用婚姻去改變任何人

Q：「你覺得交往很久、感情開始變淡的情侶，是不是就差不多應該要考慮結婚？反正，我們都視對方如家人一樣了。」

我一直覺得結婚是很特別的「行為」。婚姻是人類獨有的現象，世上的動物只會交配，不會結婚。因此公雞和母雞不會山盟海誓，男人和女人卻會因為一場婚宴到底要不要大排筵席而大傷腦筋。說得極端一點，婚姻對生物來說沒有特別意義，正如今天你替兩隻小狗進行婚禮，牠們會感到快樂，卻不懂背後的心思。可見婚姻的本質是中性的，它本是沒有好壞的紐結，默默聯繫著你與另一個人的餘生。

其實令婚姻特別的東西不是婚姻本身，而是你們之間付出的珍惜與尊重。這份尊重存在，才會讓彼此由衷地為對方負上愛的責任，同時約束自己。否則不尊重的人，結婚後還是會繼續怠惰、出軌，然後為關係帶來更大的傷害。

是的，結婚沒那麼神奇，它亦不是改善一段關係的止痛藥。結婚前一切對方本身就有的缺點——比如一個人的脾氣，一個人的陋習，結婚後有百分之九十五的機會依然會存在，甚至會變本加厲。解決感情問題的方法是先去溝通，再去努力，如果多年來的相處都無法使一個人有決心改變自己，我不認為漫長的婚姻可以根治一個人二十多年的性格。

親愛的，從來都不要妄想用結婚去改變一個人，請先將自己改變好，或者確認對方已經改變好，再去下結婚的決定。

因為婚姻連帶著許多責任。我們會給予雙方一個世俗和法律都承認的身分，當一方失去自主意識，這個身分有替配偶作出決定的權利。同時雙方共同享有婚內的財產、子女的撫養權。所以如果你根本不重視，或者不想承擔這些權利和法律身分上的改變，你絕對有充分的理由不去結婚。

有很多夫妻在感情變淡的狀態下，會希望透過生育寶寶來為這段婚姻帶來溫馨的改變。更有些人明知道對方在心理和經濟上都未作好為人父母的準備，卻還是會堅持將小生命帶到世上，目的是希望對方能夠更重視自己和這個家庭——這些都是過分理想化的想法。這一次關乎的不只夫妻兩個人，是一條新生命的漫長人生。沒有人可以做一個完美的父母，但起碼父母雙方都要有穩定的感情基礎，願意共同為寶寶努力付出，寶寶才有可能身心快樂地成長。一個人對幸福的認知和性格幾乎都與父母之間的愛與家庭和諧有關，寶寶無法改變任何殘酷的事實，卻被這個事實深深影響。

所以同樣地，請不要將生育兒女視作改變婚姻關係，甚至改變對方的一個契機。

親愛的，假如你問我，一對情侶走到什麼時候結婚才比較好？

我想跟你分享美國著名導演及演員羅賓．威廉斯說過一句話：

「世上比孤獨終老更可怕的事，就是與那個令自己感到孤獨的人終老。」

如果你現在和他一起都無法感覺到被愛的滿足感，那我不認為結婚是一個好的決定。**當你不需要用婚姻去改變感情上任何缺陷，甚至不想改變這個如此美好的當下，內心和能力都相對穩定，這便是結婚的最好時機。**

甚至應該說，當你們不急著結婚時，反而就是適合結婚的好時機了。

這一課的愛人筆記：

「從來都不要用結婚去改變一個人和拯救一段感情。
請先將自己與對方改變好，再去下結婚的決定。」

第86課——結婚後愛人的順序

有些人十分渴望結婚，有些人卻無比恐懼婚姻。他們恐懼結婚的原因是——結婚以後，我們好像都無法做回原本的自己了。

無法成為原來的自己，是因為我們結婚以後都有新的身分，面對新的關係需求。你會留意到，有很多結了婚的人，在未生孩子之前會叫伴侶做「老公」或「老婆」，而在生孩子以後只以「爸爸」或「媽媽」來叫喚對方。他們不再喊彼此的名字，每一次呼喊，都像在提醒對方：你先是孩子的父母，再來是夫妻。

「我不再是我了，我是別人的一個從屬身分，一個模糊了自我的人。」

但是親愛的，我相信一段健康的婚姻，永遠有一個愛的優先順序——我們都要**先愛自己，再愛伴侶，然後去愛孩子**。

這並非自私。相反如果不這樣做，我們會更容易對伴侶和孩子自私。

如果你不先愛自己，放棄自己的興趣、事業、夢想，在生活上你也逐漸失去照顧自己和主動地滿足自己的能力，這些缺乏的部分，你會轉而從伴侶與孩子身上索取：我為婚姻付出了太多，我要我的伴侶給我額外的關愛，對我補償，如果他做不到我便會生氣；我感到孤獨，我需要我的孩子陪伴與依賴我，替我完成放棄了的夢想……這對孩子來說實在是一種容易窒息的壓力。

你時而貪婪，時而卑微，因為你不懂愛自己，你想要更多，卻不敢要，亦無法好好愛對方，婚姻便是在這種丟了自我，失去平衡的狀態中開始變得索然無味的。

接下來如果你不愛伴侶，反而跳過他去先愛孩子，伴侶就會感到被忽視。他可能和你一樣，將婚姻的意義都押在了孩子身上，於是漸漸失去愛人的實感與被愛的滿足感。你們每天各自為孩子的學業和生活奔波奮鬥，晚上終於能睡在同一張床上，卻不再有互相關心的耐性。開始考慮分開，又擔心影響孩子的成長而勉強繼續在一起。同時，情感上的匱乏讓人開始想在婚姻外面尋求補給，於是婚外情或行為的沉淪，便更容易發生。

而當孩子察覺到父母之間的這份疏離感，孩子會開始思考自己存在的意義，若父母將情感上的紛爭帶到孩子身上，就算不是故意的，孩子也會產生愧疚和不安。對很多人來說，對親密關係的初步感知往往就是從父母身上得來的。如果父母之間不親密，只對自己親密，這份親密便減少了說服力，不只會令孩子疑惑愛情的作用，還會使他對家庭失去歸屬感。這樣他長大後便要花更大的努力才可以相信愛情——「有些人能用快樂的童年支持自己的餘生，有些人卻要用餘生來治癒自己不快樂的童年。」童年的不快樂，一個人的破碎感，大多是自小目睹的不健康婚姻關係而造成的創傷。

所以一段健康的婚姻關係裡面，**永遠是要先做自己，再去做別人的丈夫和妻子，然後再做孩子的父親和母親**。愛人是一種能力，這種能力不是婚姻自動給的，也不是伴侶給的，更不是孩子給你的，愛人的能力永遠是由一個穩定的內在提供的。所以如果想要好好愛伴侶，就先要好好愛自己；如果要好好愛孩子，不能一味地溺愛孩子，而是要先盡力去愛伴侶。

這樣的婚姻關係，不會讓人害怕身處其中，結婚後我們不會害怕成為任何人，因為我已先成為了我自己。

親愛的，婚姻只是人生其中一個選擇，而人生中最重要的選擇——永遠是選擇做最真實的自己。

這一課的愛人筆記：

「如果想要好好愛伴侶，就先要好好愛自己；
如果要好好愛孩子，不能一味地溺愛孩子，而是要先盡力去愛伴侶。」

第87課　愛情與親情的分別

Q：「結婚以後，愛情是不是都無可避免會變成親情？」

我覺得愛情與親情不可以放在同一個天秤上直接比較。愛情的愛，親情的愛，雖然都是情感的一種，卻是大大不同的。不會說我們變成了夫妻，我們愛情便會全部轉化成親情。

親情，是不強求付出的關係，是什麼都不做也能享受到的陪伴與安全感，這份篤定的感覺來自它的不可選擇性。我們每個人無法拒絕血緣上自帶的紐結，於是才理所當然地看待親情的陪伴。

但愛情不一樣。**愛情是每一天持續的選擇，每一天，你選擇去愛這個人，確認自**

己與眼前的人在一起的這個選擇是正確的，是值得又難能可貴的，於是才會去珍惜，才會主動去關心與付出。

因此親密關係走進婚姻以後，還是要以愛情為最大的基礎。「伴侶」雖然是與你親密的家人，卻不是真正意義上與你帶血緣關係的親人，這種陪伴並不是必然的，而是愛情驅使的行為。一段健康的親密關係，永遠會確保雙方在當中都仍有愛情的成分。

「我和你永遠先是戀人，然後才是家人。你，是我餘生每天都願意做出的重要決定。」

這一課的愛人筆記：

「親情是理所當然的陪伴，愛情卻是每一天持續的選擇。」

第88課　婚後才出現的靈魂伴侶

Q：「我結婚後認識了一個人，這才驚訝地發現，我好像遇上生命中的靈魂伴侶了。人生苦短，若是你，你會因為遇到一個更合拍、更有共鳴的人而放棄現在的一切嗎？」

靈魂伴侶之可以成為靈魂伴侶，大多是因為你們之間並沒有放下「生活」，才有空間放得下共鳴，放得下風花雪月的浪漫。你和後來的那個人可以只談理念，不需要實踐，可以幻想出一切與現實相反的情節，感動彼此。但你必須要認清這一點：你們可以做到這一切，是因為生活上那些骯髒的細節，都已經有家庭的成員為你過濾過，現在的你和他才可盡情地逃避這些麻煩的現實。

其實婚姻中的伴侶，不是沒有成為過你的靈魂伴侶，而是於日復一日的相處之中，在滿足你的靈魂之前，對方耗盡力氣先滿足了彼此的生活條件。他必須先清空那些存放浪漫的位置，才有空間去放下生活的碎屑。

滿足是有優先次序的，你沒有生活，就沒有基礎去追求靈魂。

我的看法是：除非你現在既不滿足於自己與伴侶的生活，同時自己與伴侶的靈魂契合度亦已趨向零點，這時候才去考慮要不要放棄現在的關係，會比較好。不要一遇到更投契合拍的人，便自動懷疑起自己正在擁有的愛情。

更好的做法是，你可以有靈魂契合度很高的朋友、知己、伯樂，但不要將他們變成你的愛人或伴侶。在交流的過程中要堅守自己情感的邊界線，互相都帶一點自我尊重的距離，這種靈魂上的友誼才可以真的不被生活和忙碌干擾，更為純粹地公然存在。

現實中有很多人，會在婚姻以外找到一些在客觀條件上更懂自己的伯樂，他們可以是老師、是朋友、是同事；然而在主觀情感上，他們還是會願意與不是最懂自己的愛人共度一生。

同時，你亦要努力提升你和另一半的靈魂契合度。你不一定要和伴侶擁有最高的契合度，但起碼不要完全脫離。而他給你的靈魂上滿足感，一定要是無可代替的。

親愛的，完全懂你的人，你不一定要愛，你愛的人，也不一定要懂你的全部。

希望有一天，你能分得清以上種種，然後對那個始終守在身邊的伴侶，說出這麼一句：「你未必是最懂我理想的人，但是在我的理想中，你就是那一個必須永遠存在的人。」

這一課的愛人筆記：

「完全懂你的人，你不一定要愛。你愛的人，也不一定要懂你的全部。」

第89課

若是夫妻，我們就不說真話

自我有記憶以來，小姨與小姨丈好像一直都是一對歡喜怨家。小姨丈是個鬼馬的人，總愛用油腔滑調去對付處事務實但脾氣不小的小姨。童年的週末，親戚們總是愛帶著各自的小孩聚在一起，讓年紀大的小孩看顧年紀小的小孩，大人們則是圍在一起打麻將、看週日賽馬直播消遣時間。

我是個不愛照顧小孩也不願被人看顧的小孩，倒是很愛黏著大人們裝模作樣地看著電視機中那些不同毛色的馬，與馬鞍上各種色彩繽紛的騎師服裝。而小姨丈就是那個一邊逗著我玩，一邊陪我看電視的人。

我記得有一次，小姨丈問我最喜歡哪一匹馬，我胡亂地指了指電視機上某隻馬的名字。結果竟是我的一指神功幫小姨丈贏了幾千塊。小姨看姨丈又拉著我看賽馬，應該是怕他教壞我，就氣沖沖地對他說別再賭了總是輸錢。我幾乎要衝口而出說不是呀小姨丈他是有贏錢的！姨丈站在小姨背後，連忙對我搖頭。小姨走開後，我一邊收好小姨丈給我的一百元掩口費，一邊問他為什麼你不能說你贏錢了呢？

小姨丈眨眨眼笑著對我說：「你還小不懂啦。夫妻嘛，有時不用說真話。」

於是連愛情也不知是什麼，只有七歲的我，第一次發現不說真話的重要性。

接著有關小姨和小姨丈的回憶出現了一段好長的空白。直到我高中的某一天，媽媽突然跟我說，小姨身體檢查發現有突發性腦瘤，會導致情緒極不穩定以及無法控制言行，拖延下去更可能有性命危險。縱使有手術可以嘗試切除，但需要接受病人未來的日子都會行動不便，要依賴輪椅的事實。

我媽說，平常話多的小姨丈聽了醫生的話後，只是點點頭，同意了這個手術。他拜託我媽，不要跟小姨提起太多有關手術的事：「她心氣大，我替她擔著就是了。到了我們這種年紀的人，不必每句都說真話。」

手術過後，小姨的狀態沒有明顯好轉，行動不便卻是鐵一般的事實，加上腦部的情況使她性情愈發古怪，她甚至開始責怪身邊所有照顧自己的人。首當其衝的當然是小姨丈，小姨罵他為什麼要讓她做手術，為什麼要害她坐輪椅，是不是在外面有了外遇，現在要來迫走她。

聽說小姨丈每次都只是一言不發地，收拾著小姨崩潰後的遍地狼藉。

然後有一天，小姨被折磨多年的病痛帶走了。

我再也沒有聽到小姨丈的狀況。

直到幾年前的清明，親戚久違地聚在一起，小姨丈帶著我們去探望小姨，我的確是多年沒見到他了，幾乎不能將他與我記憶中的小姨丈連結起來，人原來沒有了吵架的對象，反而會衰老得更快。

拜祭結束後大家一同離開，走著走著，他緩緩開口：「我啊，到最後都說不出我其實很累，我其實很恨她，恨她為什麼以前那麼聰明活潑，到最後卻變得面目全非，更恨她為什麼都把我折磨這麼多年了，最後還是要先我一步走。人為什麼就這麼膽小，到了最後關頭還是說不出來呢？」

耳邊的確是小姨丈的聲音，卻是與我記憶中不同的臉容，我彷彿忽然回到二十年前的那個九月天，我看見小姨丈躲在小姨的背後那個鬼馬機靈的表情，鮮明、生動，炫耀地對我說：「是夫妻，有時就不必說真話。」

彷彿我們所有人，還是留在了那年那天那個人聲鼎沸的下午。

然後我想，真實的愛情和真正的婚姻就是這樣吧，美好得狡猾，狡猾得美好。

那些溫柔又善良的人啊，漸漸都會變成了我們不再熟悉的模樣。那些以為承受過一次就好的痛苦，還是會在後來的人生到不停到訪。但只憑當初擁有過的幸福誓言，說算再來一次，有些人還是會選擇與你相遇，與你互相傷害，也一同被世界割傷。

因為他們使痛苦的人間變得值得。

婚姻是什麼，愛又是什麼呢？大概是，是有一個人願意為你抵擋命運給予的厄難。而就算無法替你承受，他也永遠願意接下你給他的折磨。

你們會共享生活中最微小的美好，亦共享生命裡最盛大的苦難。

二十年後的這一天，夫妻相隔在天上與人間。在這蒼涼的人間，剩下小姨丈默默走在我前方，他最後一直問著：「為什麼我就是說不出口呢？」當我準備張嘴時，一陣風捲過來，我緩緩閉上嘴，沒有將心中的那句話說出。

你知道嗎？
只要這份愛是真的，有些真話，其實都沒有說出來的必要。
因為即使你不說一句真話，這份愛也不曾有過一句謊話。

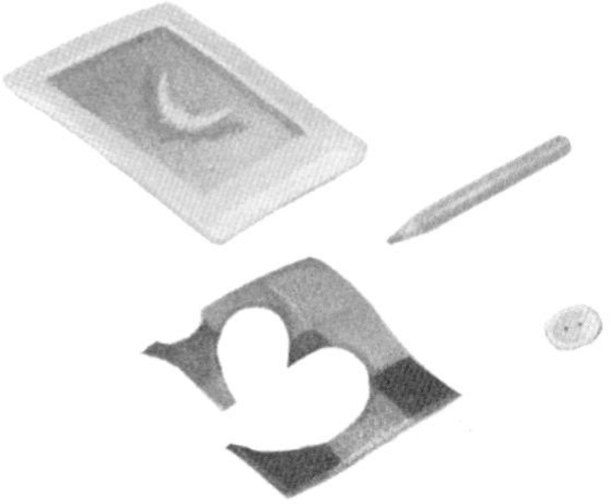

分手篇

當我們到了
不得不說別離的時候

第90課——經常說分手的人

Q：「我常常氣到頭上便會忍不住想說『分手吧』，每次說出這樣的話其實只是想他退讓一步，想他哄回我。但最近他都沒有回應了，是他不愛了嗎？」

可能算是迷信吧，我相信語言是有力量的。甚至浪漫點說，我覺得語言帶著魔法。但由你第一次說出「分手吧」的那刻起，不管你是不是真心，你都彷彿在許願——許一個不惜要用言語來刺傷對方，也要換取他注意力的願望。

站在你的角度，你在說出「分手」的時候，心裡面應該是站在比對方更高的制高點的。你對他的行動和心情瞭如指掌，知道他會無奈、失望、慌張，但你選擇對這些痛楚視若無睹。背後的原因，一方面可能是你承受過一些來自對方的傷害於是想要報復，另一方面則是，你根本不在乎他痛或不痛。

你相信他不會痛的，你內心也知道自己不會真的跟他分手，他只要肯向你服軟，哀求你原諒，哪怕只是言語上的安慰，你都會回應。這怎麼會痛呢？在你眼中只是鬧小彆扭而已。甚至你會覺得這是解決事件的下台階，每次一說到分手，對方就會認輸，就算有那麼多無法和解的想法，都能讓對方自動妥協。

但是站在對方的角度，當他聽到「分手」兩個字，內心的首先反應都是停頓。大腦會花一秒來理解這個訊息，然後對這兩個字自動分泌負面的情緒，刺痛，委屈，震驚。即使冷靜下來後，理性讓他明白你只是鬧鬧脾氣，但這份傷害已經形成了。

你知道他會怎樣讓自己的痛楚減少嗎？

——**將這句分手當成事實，迫自己接受，讓自己麻木，他就漸漸不會痛了。**

在你發起的無數次分手「實驗」中，他掌握了哄你的力度，同時弄清楚你的殘忍。這一次又一次的虛張聲勢給了他於腦海裡一遍又一遍的演習機會：如果真的說分手的話，要怎樣做才不會發怒，怎樣做才不會失去自尊地痛哭……將這句話反覆咀嚼好多遍，終於不再當作耳邊風了，而是當成事實看待。

直到心無波瀾的那一天。

所以你的問題：「他是不愛了嗎？」答案顯而易見，對，他應該是不愛了。但這種不愛的指令，是你先開口發出的。你陪他一起做了走向分手的心理準備，由緊張到從容，由第一次的心慌，到那最後一次的心淡，他都這麼服從。

你不能怪他有一天真的會離開你，親愛的，我知道發展到今天，你會有你的苦衷，**但愛情的痛點正正是，我們常常拿苦衷當作互相傷害的初衷**。

很簡單的道理：自己都不想聽到的話，就不要輕易對人說出。你有過百種表達憤怒和引他注意的方法，如果有愛，你根本不會忍心將分手放入考慮清單之內。如果你敢說出分手，那即是不夠愛了。

送你一句我在網路上讀過的話：「我們應該用最好的自己去對待最愛的人，而不是用最壞的自己去考驗對方是否愛你。」

言語從來都不應淪落成讓愛的人俯首稱臣的道具，更不應該是刑具。如果你滿懷著愛，但滿口都是傷害，這種愛，任誰都無福消受。

這一課的愛人筆記：

「愛情的痛點正正是，我們常常拿苦衷，當作互相傷害的初衷。」

第91課　戀愛中的參與人數

「他跟你做過最熱鬧的事，是你們每天的無所事事。」

「他為你付出過的努力，是你的不遺餘力。」

「他送你的浪漫，全都是你一個人對未來的期盼。」

親愛的，不要再說你不懂愛了，你完全擁有愛自己的能力。

——看，你的戀愛，全都只有你自己在愛。

第92課——被出軌後的不甘心

Q：「我的伴侶出軌了，每當想到他現在和那個第三者住在我住過的房間，甚至用我為他添置的家品，在我們相識的朋友面前卿卿我我，我都覺得好不甘心和噁心。我要怎樣做才能與捨棄這份感覺？」

你會不甘心，是因為你已經認定了被背叛的自己十分悽慘，而背叛你的人一定很幸福。你自行走進了輸家的角色，並且成為這個世界上最關注前男友感受的人——你希望對方告訴你他過得很不好，和第三者相處並不融洽。但是他顯然沒有，他比你想像中過得幸福快樂。你的期望沒有被滿足，一個只有你受傷的世界便形成了。

親愛的，這樣說可能會讓你再次感到痛苦。但我總是相信：

第三者的出現是一段感情失敗的結果，而不是原因。

並非想要為第三者辯護，但如果一段感情敵不過其他人的介入，證明它本來就存在太多裂縫。這些破綻是你們相處過程中逐漸形成的結局：可能是你的愛無法滿足他的期望而你從不察覺，又可能是，他這個人意志力本身就比較薄弱。甚至在不知何時的某一次冷戰、那一場爭吵中，「分手」的種子已經被你們埋下，隨著時光流逝吸取你們的憤怒發芽，到了這一天終於破土而出，才撕裂出這麼多隙縫予人乘虛而入。

你們沒有辦法扭轉終究要分開的結局。你從擁有起便在靠近失去。

所以與自己和解的方法，其實是讓自己明白，「別離」在這段感情中是必然會發生的事情。

讓自己完全釋懷的最好方法是忽略他們，但顯然你無法做到，那麼我們可以做的，就正正是注視他們——當你見證得愈多對方和新歡幸福的畫面，你便會愈明白，這個人是命中注定要離開你的。今天就算沒有這個第三者的出現，也會有別的第三者；不是今天，也會是未來的某一天。一定會有別的誘因，將你們帶回這個結局。如果傷害無法避免，倒不如來得早一點。你受傷的時間點發生得愈晚，你痊癒的時間便需要更多。

親愛的，我覺得**分手的意義是，讓我們有機會找到更適合自己的人**。

不管你願不願意接受，當這一個人命中注定不適合你，放下，就是不與命運對抗的選擇。

而成長，就是一個不斷放手和重新出發的過程。當你積極清理那些不適合的人和事，才能讓自己的人生痛快一點。前方是你更明亮的人生，所以，沒什麼值得不甘心的。

這一課的愛人筆記：

「分手的意義是，讓我們有機會找到更適合自己的人。」

第93課——分手後還可以做朋友嗎？

可以，但是沒有必要。

我會覺得，經歷過愛情的友誼就像是將一隻紙鶴拆開、攤平，變回一張不再重疊的白紙。紙上面被時光壓出過多摺痕。假如你想將這張紙摺成另一種形態，比如紙飛機，自然是可以做到的，但是它與其他紙飛機的紙質已經不同，它不會飛得遠，亦會與別不同。一旦做過紙鶴，就無法隨意變作飛機。

分手後兩個人要做朋友，就像由紙鶴變成紙飛機，不是無法做到，而是大可不必。就算勉強要做，也大概只能做一對緊守距離，心有芥蒂的朋友。

因為當你靠得太近，那些愛過的身體和腦海記憶還是會隨意襲來。你看見眼前這個人，必然會想起觸摸他的感覺，親吻他時的場景。曾經坦露過的一切，即使現在雙方做出遮掩，還是能如透視一樣輕易能看穿彼此的身心。這種友誼需要兩個人全力的假裝——假裝看不見，假裝不在意，假裝不特別。

正因為擁有過對方，這份熟悉才讓我們無法假裝生疏。

如果你有了新的戀人，老實說，就更加不應該重建這份友誼。這份微妙的友誼對現在的戀人而言除了是一個烙印，同時是潛在的背叛危機。你對這份友誼的「坦蕩」與「重視」會令你的戀人無法將心中的鬱悶輕易說出，結果影響的，是現在他與你的親密關係。

你願意為了已經逝去的戀情而讓現在的戀人感到不安嗎？

世上有些事是沒有必要也可盡情去做的。然而有些事，卻是沒有必要就不能輕易嘗試去做，分手後的友誼，正是後者。

兩個人能夠和平地分手，這種緣分固然值得珍惜，但是珍惜的方法不一定要是靠近，亦可以停在一段適當的距離以外各自用心生活。兩個人曾經相濡以沫，雖然不需要相忘於江湖，亦已經無法回到同一個缸中。於是分開後偶爾遙望，知道彼此都在世界某處安好，這份心意其實便已經足夠。

第94課——最簡單的分手理由

我悲傷的理由，是因為我的悲傷根本沒有理由。
我憤怒的理由，也是因為你令我的憤怒不需要理由。

所以當我們沒有任何理由，不需要行動，只剩下互相投擲的情緒——
這大概便是我們需要分手的理由。

這一課的愛人筆記：

「我悲傷的理由，是因為我的悲傷根本沒有理由。」

第95課——分手成本

Q：「我今年二十九歲，和男友交往五年了，去年我發現男友劈腿，他向我認錯，跪下來求我原諒，我最後原諒了他，但是我內心其實克服不了這道刺。另一方面又覺得我們都經歷過太多，男友是我社交圈子裡面條件最好的人了，我如果在這個年齡分手，成本太大了，不是嗎？」

親愛的，我認為在愛情裡只存在一種成本，那就是沉沒成本。那是人已經付出，並不可能收回的代價——你有過的愛，你們共同度過的青春，花在對方身上的金錢、情感與期望都好，這些東西全都是沉沒成本，它們在這一刻，在你二十九歲的時間點上，已經沒有價值了。

價值是你覺得有意義才會產生的東西。如果愛已經不存在，或者你不再重視這個人對你的意義，代表這段關係的價值為零。

經濟學家說，我們作選擇時，不應該去考慮沉沒成本。

而愛情是每天持續的選擇。如果你因為那些經歷過、但價值為零的人和事，就逼自己往後數十年繼續處於一段痛苦的關係之中，你就是在迫自己每一天都去做一個錯誤的選擇。零價值的沉沒成本不會累積，但你選擇後的痛苦和後悔情緒，是有價值的，那就絕對會累積。而每累積多一點點，你就愈發失去行動的能力。

你說，男友是你可以找到的最「佳」選擇，你害怕分手後便再也找不能更好的人了。然而這麼好條件的他，還是做出了傷害你的事情，你亦坦誠無法完全釋懷。除非你往後不再對他有情感上的需求，只是兩個人將就湊合地相處，那麼他身上的客觀條件對你而言才有意義，你可以選擇繼續保留這段關係。

但是，恕我直接一點問一句：這樣還是愛情嗎？

你不應該害怕找不到條件更好的人，你應該做的，是將自己變成條件更優秀的人。其他的一切，上天自有安排。

我也二十九歲，我明白站在年齡分界線的迷茫與尷尬。但如果今天有同樣的遭遇，我還是會勇敢作出選擇。我不想被過去的自己拉住現在的自己，亦不要一直為過去的虛幻而活著。

親愛的，我一直覺得，正在猶豫分手的人其實是最清醒，卻是最不會行動的人。你在心裡早已經將「分手」和「繼續在一起」的好處及壞處列明得清清楚楚，你是心中有數的，只是不願邁步而已。而你知道有什麼比不清不楚的忍耐更讓人難受嗎？那便是見證著自己無比清醒的墮落。我們知道一切讓自己痛苦的原因，但誰都沒有決心去改變。

卡繆說過：「愛情是一切事物的開端。」那麼，如果這段愛情裡再也沒有新事物能夠開始，這段感情或者真的到了終點。但是我相信，這個終點也可以成為你快樂的起點。

這一課的愛人筆記：

「你不應該害怕找不到條件更好的人，
你應該做的，是將自己變成條件更優秀的人。」

第96課——如何忘記一個人

「失戀後該怎麼去忘記他呢？」這大概是我最常收到的提問。

我覺得，忘記與自我意識本就是兩種互相違背的事情。人永遠做不到自主地忘記這一個動作，我們只能將忘記的任務交給時間。

而如果想要忘記，先要做的一定不是忘記，而是將記憶「填滿」。

試著將自己的生活填滿吧，去看看你所在的城市的風景，去體驗一件你不敢嘗試的新事物，去把你書架上那些買回來以後未開封的書都讀完，如果覺得這些事物太過遙遠沒有必要，那先將椅背堆疊著的衣服都拿去洗濯，不要給自己藉口去停滯。

是的，「填滿」需要一點一點地進行，先把過去未曾做好的事物逐樣做好，將那些四散一地的雜物逐件清理，不要害怕做這些事情的過程中會被勾起回憶中的他，會想起是正常的，想不起才不正常。

畢竟當生命太空蕩蕩，唯一的污垢便會尤其顯眼。

當你將生活填滿成熙來攘往的流川，可能還是會有河流未能沖刷乾淨的陰影，但新的生活會保護你，不讓你被回憶中的那些人與事擄獲。

跟你說一件趣事，幾個月前的某一天，我在社交平台看到了一張很多年前大學活動的合照，我看著那個稱之為前任的人，腦海中竟然需要搜索起他的名字。

「哎，結果還是想起來了。」

像是走在充滿水窪的泥地裡，你不知腳下那一處是沆瀣，最終還是不免踩中記憶中的地雷。而我竟然忍不住笑了出來。

因為我用了十五秒的時間才想起他的名字——是的，我的確沒有忘記他的名字，但今年的我用了十五秒，比起當年的我，已經進步了太多。

我已遠離了太多，我沒有忘記，卻也真的在遠離。

以後也一定會一直走到一個觸不可及的位置，在我記起對方的名字之前，被生活中更耀眼的事物吸引我的注意力。

到了那個時候，記不記得，又有什麼所謂呢？

所以不用去逃避，記憶的確是強悍的，卻也是誠實的。它會將一個傷害過你或你不小心傷害過的人化成一個無意義的名字，一段一笑置之的過往。過去的事情記住就記住了，那部分也是真實的你，是值得被自己原諒，留住的你。

只是，不要再為傷害你的人做過多的奉獻，不要浪費你的時間去等待回憶自動消失，也不要拿別人的愚蠢和錯誤去懲罰自己。你現在要做的是增加沒有他的新回憶，重新把被奪走的時間與生活還給自己——

親愛的，「忘記」如果對現在的你來說是件痛苦的事，那麼我們不要忘記，就讓我們記住那些人與事，然後等到未來草長鶯飛的那一天，再將他們不痛不癢地遺棄。

這一課的愛人筆記：

「而如果想要忘記，先要做的一定不是忘記，而是將記憶填滿。」

第97課——我被很差的人愛過，不是我的罪過

有一天我出門時被鳥糞擊中了，我很難過，尷尬，不知何來的羞愧感和焦躁感湧上心頭。我只想快速回到自己的家，不讓人看見我的狼狽。

——親愛的，被一個很差的人愛上過，與他交往過，也是這樣的感覺吧。

你會後悔自己過去所做過的一切，無論是流過的眼淚，真心的笑容，都讓你羞愧無比。回憶像鉛一樣沉重，你挪不走，每次它突然出現，都砸得你粉身碎骨。

後來遇到好好愛你的人了，在幸福的同時亦總是會覺得幸福的一部分正被過去的他扣起，是他偷走了你一些歷史，蓋上他的印章。你對愛的人做的某些事和以前的他也做過，這種相似的經歷讓你對現在的他有一份自責。

你會覺得：對不起，我被這樣差的人愛過，對不起，我不是第一次到這個地方做這件事。如果沒有遇到過這麼差的人，我會沒有污點，會更快樂，不會在與你笑時想起過去的淚，我能更單純，更無憂。

但是親愛的，被他愛過，不是你的劫難。被他拋棄，更不是你的罪過。

現在的我們都是由對過去的經驗堆積而成的，有些舊人舊事像發臭的水窪，你無法轉彎，亦不能繞過。你必須狠狠地踩上去，濺起水花沾溼衣服，才會撞見後面那個溫柔的人，發現你的狼狽，心疼你，親手為你抹乾那些淹浸過的地方。

前面的他就在回憶遠處，後來的他站在更近一點的過去。我不信命運，但相信世界上每個人與事都有它給出的意義。

你人生的意義，只能由你去定義。

過去像一格一格的底片，發生的當下便已毀滅，我們無法記得全部，不過是我選擇了要截取哪一段，又選擇捨棄哪一段，那些舊事才在你腦海中存活著。如果你願意去愛現在的自己，也願意被人愛你，你永遠可以改變過去那些人與事對你的意義。過去是客觀存在的，卻是由現在的我們主觀保存和解讀的。

親愛的，你的人生不會因為失去誰的喜愛而變差，只要你不賦予它們繼續影響你餘生的權利，你永遠可以放下它們，捨棄它們——放下不是成長的逃亡，放下是成長的本身。

對那些人和事說：滾出我的生命吧，這裡沒有你的一席之地了。

第98課　決定分手的分界線

Q：「和男友交往快六年了，經常猶疑要不要分手，我好像找不到那條分手的分界線。如果是你的話，會怎樣向對方表達？」

我會對他說：

親愛的，對你來說，我們現在的生活到底是怎樣的呢。

偶爾我會覺得，生活是一張被印滿字的皺紙，是演員手中純熟的台詞，也像是未開獎的下期彩票，上天狡猾地給予我們不大的希望，那大小就如磨石機旁不停轉圈的驢子頭頂上那一根蘿蔔。我們走在平穩但重複盤旋的石造命盤上，打磨著粗糙的命運。走著走著，已經沒有多餘的力氣和未用盡的驚喜去取悅彼此了。於是為了不被對方嫌棄，我們每天比賽爭先嫌棄對方。

下水道堵塞的頭髮，沒有高潮的性事，逢禮拜二會送到的生活用品快遞，囤積在水槽的碗碟。所有生活的痕跡，是我們當初不顧一切地雙向奔赴的願望，也是我們現在不顧一切地逃離對方的理由。

我發現五年以上的愛情像什麼呢，像極了盥洗盆上那條被擠扁的牙膏，用純白的膏體去清洗我們藏在牙縫中的污垢，刺痛後會帶來短暫的清新感覺。它每天必須親口吻過你的嘴，但不夠一分鐘就要被吐出來，被當成污水沖走。它是必需的，但又好像不那麼重要，存在彷彿只是為了成全生活其中一個儀式。

對了，當愛成為儀式，很多事情，都能得到解釋了。解釋了為什麼我們做愛時會接吻，卻無法親出幸福感。解釋了為什麼明明我們擁有不用言語的默契，反而接收不到愛的回音。解釋了為什麼我們理應是世上最了解彼此的人，卻天天逐漸陌生。

交往五年以上的戀人們，聽說都有過這樣的念頭：「要不分了吧。」

只是誰都不想做先開口那一位吧。你我是如此的懶惰，又是如此的怯懦。

去年獨自看的那齣日本愛情電影，那男主角說：「如果用分開時的思念時長去計算愛的話，那麼我肯定是愛你的。」

分開的時候，你想我嗎？沒有吧。那一起時有想念對方嗎？也沒有吧。

我終於發現了一條決定分手的分界線，那就是——**我們對彼此做的事，去對別人做，甚至是交給別人對你做，都好像沒關係了。**

後來的你並非真的愛我，你只是需要一個懂得對你好的人。

但是我們連這種好，都給不起了。當我們任何一個人，連愛火平息後的好意都不願給的時候，我便知道我們的感情就真的走到盡頭了。所以別再用生活對你的奴役作藉口，很多時候，你不是沒有力氣愛我，你只是不願愛我罷了。

那麼就回到沒有對方的原點，找一個能重新對你好的人吧。這一次你要有新的生活，新的儀式，新的牙膏和習慣，那樣在那些與他互相嫌棄的日子裡，或許能給你多一點點我們已經用盡的新鮮感。

真的不愛你了，但你知道更殘忍的是什麼嗎？

就是到最後這份愛裡面，我們竟然連恨都找不到了。

這一課的愛人筆記：

「我發現了一條分手的分界線，那就是——我們對彼此做的事，去對別人做，甚至是交給別人對你做，都好像沒關係了。」

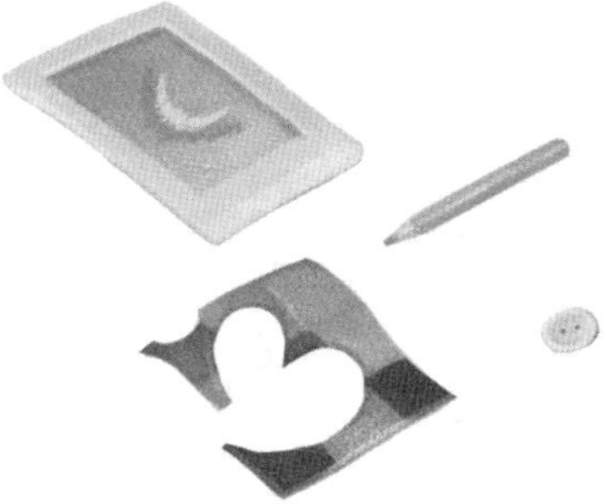

終篇

復盤與總結

第99課——愛人測驗

親愛的，謝謝你來到了這一課。或許你是由第1課慢慢讀到現在這一課，又或許你喜歡不順序地閱讀感興趣的課題，但都沒有關係。來到這裡，我想邀請你來測驗一下，在讀完這些課堂後，你對「愛人」這個行為的理解和把握有多少呢？即使你未開始閱讀這本書，碰巧翻到這一頁，也可以順便測試一下自己本身的愛人能力。

請接受以下的小測驗，得出自己的愛人能力成績表。

測驗共有二十五條題目，每題四分。若你明白題目句子所說的道理，覺得「自己做得到」或者「部分做到」，均可得分。

□我明白愛不是一個結果，愛是一個「過程」，是一種需要我們學習才會擅長的「能力」。

□我不會害怕在愛情中付出。正確地付出的過程，本身也是一種獲得。

□我知道為別人付出到什麼程度就應該收手，什麼時候就應該放棄等待。

□我知道，自己的付出如果無法被對方看見，對他而言就等於沒有付出。

□我明白愛得較少的那個人，不一定會更靠近幸福，亦不能避免受傷。所以我不會執意去做那個愛得更少的人。

□我知道自己是為了什麼而愛。

□我懂得分辨什麼是快感、情慾以及愛情。

□戀愛並不是人生必須完成的任務，愛情能夠滿足到我們的東西是有限的，在那之外的成就感，我明白要從生活其他領域尋找。

□我知道愛和寂寞是永遠共存的。

□愛就是學會控制自己。我明白愛會有一個優先順序，我無法對所有人都善良，與同事及朋友的交往中，我亦會需要時刻提醒自己要有邊界感。

□我不會為自己受過的傷而羞恥，我知道被某些很差的人愛過，並不是我的過錯。我不責怪自己。

□我不用依賴戀人也能看到自己的價值，我能夠找到自己的喜好，活出跟戀人不一樣的生活。

☐ 我有權利去選擇不再愛他，但離開對方以後，我明白自己再也不會找到一個以同樣方式愛我的人。

☐ 最有效的安全感，我知道是自己給自己的。

☐ 悲傷或憤怒時面對戀人，我懂得如何選用客觀而中性的詞彙去表達自己的情緒，公平、誠實地表達自己的感受。

☐ 與戀人吵架或者表達悲傷情緒時，我了解自己需要做的不是解決當下的情緒，而是解決情緒背後發生的問題。我知道吵架在本質上其實是溝通的一個方式。

☐ 我知道自己常發脾氣的原因，主要是因為我沒有選擇去善待自己的身與心。

☐ 如果想早點結束對方投擲過來的負面情緒，我知道自己要拒絕用同樣的情緒回應。

☐ 我不會在每件事情上都要勝過我喜歡的人。因為讓一個人認輸，並不會使他愛我更多。服從和崇拜，都不是愛的形態。

☐ 我明白在愛情裡，不是每次付出以後都能得到對方認同。無法拒絕的溫柔對戀人而言也是一種無法避免的傷害。

☐ 我知道自己要遠離哪種戀人。我亦有勇氣遠離那些消耗自己的人。

☐ 婚姻無法改變感情與一個人個性上的缺陷，婚姻不是工具，孩子也不是工具人，我和戀人都要先改變好自己，才作出結婚的決定。

□分手的意義是，讓我們找到更適合現在這個自己的人。
□我明白面對戀人就應該只提出戀人身分的需求，不應該向戀人提出其他身分的需求。他不是我的父母、下屬或寵物；其他身分的情緒需求，他沒有能力滿足。
□我明白離開，是戀愛中永遠存在的退路。

你的成績是怎樣呢？

如果你的得分是零至四十八分，不用擔心，你已站出了愛人的第一步：行動和嘗試。接下來你會有最顯著的進步空間。或者你可以嘗試在你最想克服的課題上，寫下這些問題：我一直以來在這方面的行為是什麼，結果是怎樣？書中主張的行動又是什麼？兩者有什麼相異之處，又各有什麼優點缺點？我無法去這樣做的原因是什麼？

比較之下，你會更清楚自己應該選擇哪一種做法。就算不想按照課堂建議的方法去面對愛情，你也可以對自己的行為有更深入的認識。

得分有五十二至七十六分的你，已基本掌握愛人的方法。你知道什麼是應該做和不應該做的事，只是在現實生活上還未能靈活自如地實踐。你可以思考這幾點：我在戀人面前為什麼做不到書中建議的方法？防礙我實踐的原因是來自我自己，還是其他人？如果是其他人，我能不能轉換別的方法？

有時候也許根本不是你的問題，你可能只欠缺一點實踐的時機和運氣。

得到八十分以上的你，恭喜你，我想你已經是一個十分成熟的戀人，被你愛上的人將會十分幸運。我想邀請你，將這些課堂中最感興趣的篇章抽出來，用螢光筆劃下你覺得重要的句子，然後寫下一句你腦海中即時浮現的想法，怎樣的想法及回應也沒關係，再拍照與我分享。我很有興趣讀讀你的反饋，在不同的交流中學習愛情的更多詮釋。

其實無論得到多少分數也好，堅持才是愛人最重要的關鍵，這也就是愛情的力量，讓我們不曾放棄成長。

第100課 愛人的最後一課

「愛」是一個很龐大的課題，要是展開細說的話，大概寫上一千堂課也寫不完它的奧秘。所以由一開始，我便將重點放在了「愛人」。這裡的人，指的是去愛這三類人：你、戀人，以及你們以外的其他人。

讀完這一百堂課，不，甚至只看了最初那幾堂課的你，應該會知道這三類人裡面是誰對愛情有最大的影響力吧？

不是戀人，當然也不是其他人，而是**你**。

然而現實總是：人們會花費大量精力和心機去等待自己以外的人改變，希望戀人能為自己付出，或者將戀愛破裂的責任放在他身上，於是會無奈和失望收場。很多人都說愛情虛妄又不可控，其實也是對的。但前提是他們眼中的愛情，是「以戀人為本」的愛情，他們將操縱愛情的權力都交給了戀人。這樣不受控不就是很自然的事嗎？人可以完整控制的事物本來就少得可憐，更何況是對方變幻莫測的心。

所以這本書，並非是想教你如何去控制戀人，從而得到更幸福的戀愛，而是希望跟你分享一些控制自己的方法，透過你自己去積極影響愛情。

與其在愛情中繼續做一個被動的角色，我們不如選擇主動去改變自己的心態，改正那些失敗的愛人方式，梳理內心對愛的恐懼，治癒過去的疤痕。我不會再彷徨無助地等待別人來愛我，因為我自己已經可以通過愛人時得到的滿足感、肯定與覺悟，被幸福滿滿包圍。

親愛的，成長是一個學會控制自己、改變自己，以及與自己不斷和解的過程。而愛又何嘗不是。

但希望大家不要將每一堂課的主旨都當成一種萬能公式，未經消化或調整便套入到生活之中。我們每個人的生活，遇見的人和事都是獨一無二的，一定會有無法完整貼合的空隙或者無法簡單解釋的情況。這個時候需要大家耐心思考，將課題靈活地搬進不同的情境當中，才會得到更多值得參考的想法。

這一百堂課存在的意義是——帶給你啟發。就算不是立即見效的啟發也沒有關係。你可能是在未開始戀愛之前想要讀讀這些有關愛的詮釋，或者是與愛人吵架後翻起這本書尋找安慰，又或是與他分開很久以後，突然想要明白對方當時的心境……然後途中讀到這本書裡面某段句子，突然靈機一觸，想通了，釋懷了，獲得勇氣和鼓勵，便印證了這本書的意義。

原諒我必須說一句掃興的話：其實無論是你或是我，寫完或讀完了這一百堂課，都學不完愛人的這件事情。

因為學習愛人這回事只有開始，沒有結束。我們從來都不曾「學會了」愛；世上每個人，都一定是邊學邊愛的。

最後我想留下一個問題——你戀愛的目的是什麼呢？

「透過愛情，我想認識到更完整的自己，無論是好是壞的自己，我都想接納自己美好與缺陷。」

「學會愛人是為了讓我們有一天能不再被愛脅持。」

「愛人的目的是，讓我們明白世上有哪些愛，我們不必擁有。於是失去也不會覺得可惜。」

「戀愛使我明白到，世上最好的愛人，是我自己。」

除了以上的答案，只要你有一個屬於自己的回答，這樣便已經十分足夠了。請你記住這個答案，然後勇敢地去體驗世間上愛情的脆弱與美麗，面對它帶來的重逢與別離。

親愛的，我們要下課了。但在愛人的路途上，其實你永遠都在上課。有關愛的功課和複習還有很多很多，都要交給你獨自去完成了。在這個人來人往的世界上，也終究只有你，有權利為自己的幸福負責。

—完—

國家圖書館出版品預行編目資料

學會愛人的 100 堂課：因為你值得更好的我 / 伊芙著. -- 初版. -- 臺北市：皇冠文化出版有限公司, 2023.03
面；公分. --（皇冠叢書；第 5078 種)(有時；19)

ISBN 978-957-33-4000-3(平裝)

855　　112001293

皇冠叢書第5078種
有時 19
學會愛人的100堂課
因為你值得更好的我

作　　者—伊　芙
發 行 人—平　雲
出版發行—皇冠文化出版有限公司
臺北市敦化北路 120 巷 50 號
電話◎ 02-27168888
郵撥帳號◎ 15261516 號
皇冠出版社(香港)有限公司
香港銅鑼灣道 180 號百樂商業中心
19 字樓 1903 室
電話◎ 2529-1778　傳真◎ 2527-0904
總 編 輯—許婷婷
責任編輯—黃雅群
美術設計—嚴昱琳
封面繪圖—平　安
行銷企劃—蕭采芹
著作完成日期— 2022 年 11 月
初版一刷日期— 2023 年 3 月
初版二刷日期— 2023 年 6 月
法律顧問—王惠光律師

讀者服務傳真專線◎ 02-27150507
電腦編號◎ 569019
ISBN ◎ 978-957-33-4000-3
Printed in Taiwan
本書定價◎新台幣 380 元 / 港幣 127 元